いますぐ幸せになるアイデア70

横森理香

祥伝社黄金文庫

カバーデザイン
こやまたかこ
◆
本文デザイン
こやまたかこ＋熊谷千尋
◆
カバーイラスト
村上みどり

まえがき

みなさん、こんにちは、横森理香です。

この本は、当時三九歳だった私が、三十代〝大人の女〟の危機を乗り越えるべく、さまざまな精神修養と健康づくりをした何年かの、集大成ともいえる本です。

面倒くさい理屈は抜きにしました。この本の中には、「これからの人生をハッピーに生きるため」、私自身が考えたアイデアと、私の心と体の健康づくりを指導してもらった気功の先生、アーユルヴェーダのドクター、ヒプノセラピスト（催眠療法士）、ボディワーカーや治療家たちから教わったこと、そして私が毎朝やっているヨガの教えから学んだことなどなど、あらゆる要素が入っています。

どれを実行してもいいです。できるところからやってください。たったひとつでも、今日からあなたは少しずつ幸せになります。

三〇代、若者から「真の大人」になる時期は、体も心もドラスティックな変化を遂げます。それを知らずに若い頃とおんなじように生きていると、たちまち足元から人生はガラガラと崩れてゆきます。

その結果、女の人はオバンになり、男の人はオジンになり、毎日がちっとも楽しくなくなってしまう。こ〜れは悲劇です。「不幸」という以外の、なにものでもないではありませんか！

まあ個人差はありますが、三五歳が境目というところでしょうか。みな、どことなく不幸感を抱いたり、体調がすぐれなかったり、ストレスがたまっていらいらしたり、なんだか冴《さ》えない気分。でもどうしたらいいか分からない。えーい、身近な人にイジワルでもしてまえ！　といった調子になってくるのです。

体力の衰え、気力の衰え、容姿の衰え、フェロモンの減少、病気、中性脂肪、性的欲求や能力の衰え、結婚したいのに相手がいない、いつもつるんでる女友達もすっかり年増でニクったらしくなっちゃった。おまけに仕事はなんだかうまくいってないし……。私、このままでいくと、いったいどうなっちゃうの？

こんな方々は、ぜひこの本を手にとって今日から幸せになってください。もちろん、三〇代でなくても、何歳でもかまいません。老若男女、「どこか不幸」な自分を抱えている人、あるいは、「ある程度幸せだけどもっと幸せになりたい」人、どなたでも、すぐ使えることばかり書いてあります。

七〇のアイデアを全部実行できたら、数年後、あなたの人生は想像もできないほどすばらしいものになっているでしょう。

あきらめないでください。何歳になっても、アイデアひとつで人は楽しく生きられるのです！

と書いた二〇〇二年の六月に、私は実は妊娠していたんです。それは、長年不妊で苦しんだ末の自然妊娠でした。確かに生まれるまでなんともいえなかったのでこの本には書きませんでしたが、この時点で確かに、自分の人生は考え方ひとつで変えられる、という確信がありました。

あれから三年、わが娘は元気に二歳半となっています。文庫化にあたって、今の時点で多少加筆訂正を加えました。子供が生まれたことで、生活にも変化が現れました。でも大切なことは何も変わっていないのです。良いことを実行すれば、良いことがめぐってくる……信じられないという人も、ぜひ始めてみてください。自分に起こる現象がみるみる変わり、つきが回ってくるのを実感することでしょう。

二〇〇五年六月吉日

横《よこ》森《もり》 理《り》香《か》

いますぐ
幸せになるアイデア70

CONTENTS

Part 1

小さなことから始めよう

時間の使い方や習慣をちょっと変えるだけで、毎日がワクワクする

Part 2

自分らしい美しさを手に入れる

Part 3

大切な人と、もっと素敵な関係に

人間関係、満ち足りない恋愛を好転させるヒント

Part 4

「幸せの才能」を育てる

仕事でもプライベイトでも、
「なりたい自分」になる！

Part 1

小さなことから始めよう

時間の使い方や
習慣をちょっと変えるだけで、
毎日がワクワクする

1 いらない情報をカットする

世界的な自然療法のドクター、アンドルー・ワイル博士の『癒《いや》す心、治す力──自発的治癒力とはなにか』（角川文庫ソフィア）に、「ニュース断食（ニュースを見ないようにすること）のすすめ」というのがあります。世の中には不幸な事件や、信じられないような悲惨な現状があり、だからこそ毎日ニュースが盛りだくさんなわけですが、それを毎日見て、嘆いていても仕方がないのです。ニュースを見ることによって生まれた悲しい気持ちや怒りは、その人の気分を落ち込ませ、免疫力を下げてしまいます。

でも、「だからといって、世の中のことなんにも知らないわけにはいかないでしょう？」って人がホトンドだと思うんです。だって、我が家は新聞を取っていない、というと、多くの人が「信じられない。非常識もいいとこ」という顔をするのですから。

さらに我が家では、バラエティ番組とCMばかりの日本のテレビをほとんど見ず、子供が生まれてからはケーブルで引いた「ディズニー・チャンネル」と、「カートゥーン・ネットワーク」を見ているのです。

最近では話題の映画を劇場に見に行くこともなく（劇場は夏は冷房で寒く、冬は暖房で暑すぎて、乾燥していて空気も悪く、横にもなれずトイレにも行きづらいから）、レンタルビデオ屋さんで借りるか、子供用映画（「シュレック」等）のDVDを娘と一緒に見ています。

その事実を久しぶりに会った友達に話すと、

「信じられない、なにそれ、面白いの？　なんの役に立つの？」

と、呆《あき》れられました。話題の映画も劇場公開時に見ず、ニュースも知らず、この人たちはいつの間にか知的生活から遠ざかってしまった。まるで原始人やないけ！

私たちは夫婦で、

「いやー、なんの役にも立たないけど、面白いんだよ」

「そう、意外といいんだよ『テレタビーズ』とか、外国の子供向け番組って」
と答えました。

でも毎日、時事ネタばかりをお天気会話のようにして、暗~くなっているよりはいいと思いませんか? 情報をカットしたぶん、自分の感覚に耳を澄《す》ます余裕もできるし。心地よく生きるには、これはかなり重要なポイントなのですよ。

頭の中に情報があふれちゃっていっぱいいっぱいになってると、なにかもっとシンプルで自分にとって大切なことが、見えなくなってしまう。自分自身の心地よさを知るのは、実は自分だけなんですから。

さすがにこんな我が家も、何か大きな事件があると、ニュースを少しは見るようにしていますけど、いつもはちょっとした事件も知らず、友達に、
「そんなことも知らないの? 恥ずかしい~」
となじられます。でも、知らなくてもそうやって友達やら周りの人たちが教えてくれるから大丈夫なのです。なにしろ、ホトンドの人がそうやって情報交換しているだけで、本音で話したり、自分の感覚や考えを話したりはしていないのですから。

ラジオも以前は日本のラジオ番組を聴いていましたが、トークがやたらと多くて、うざったくて聴かなくなっちゃった。雑誌もほとんど読んでません。何しろメディアは、とにかく宣伝と情報ばかりだからです。だからこそ、広告主とのやり取りで、商売が成立しているわけですが、もうそうやって情報に振《ふ》り回され、無駄なものを買ったりしたりしている時間も、体力も気力ももったいなくなってしまったのです。

トシを取って気づいた大事なことは、それかもしれません。私も今や四二です。メディアの情報に振り回されて右往左往しているうちに、光陰矢のごとし。大切なことをしないまま、人生終わってしまうではないですか。大切なこととは何か。それは、大好きな人たちとの魂のふれあいの中で、自分自身の中にある、愛と幸福に気づくこと。そして自分が生まれてきた意味を知ることです。

情報に振り回されることは、ある意味自分を失うことです。もっともっと知らなければ不安になる。みな、世の中に取り残されるとか、友達にばかにされるとか、仕事相手に評判が悪くなるとか、無知な女になりたくないとか、そういうことが心配で、日本のメディアのみならず夜通しインターネットで、世界中の情報をゲットしようと躍起《やっき》になっているのです。

なんだかそれって〝好奇心〟以上の世界。私はリラックスした私生活を取り戻すため、テレビもラジオも極力つけず、お気に入りのCDをかけることにしています。インターネットもやりません。書き仕事でパソコンを使っているので、これ以上目も疲れさせたくないし、電磁波も浴びたくないからです。そうやって私は自分の健康と、楽しい毎日を作っているのです。

情報に振り回されることは、自分を見失うこと

2 いいこと日記をつける

これは気功の小松先生に教わってやっていることなのですが、すごくカンタン。一日一回、一行でもいいから、その日に起こった嬉《うれ》しかったこと、楽しかったこと、人のためになったこと、感動したことなどを日記につけるのです。

これは、幸運を呼び込むトレーニング日誌です。人が幸せになるためには、「わくわくした楽しい毎日を送ること」が大切で、ひとりひとりが幸せになれば、最終的には地球全体、人類全部が幸せになれる。私はコントレックスでもらったダイアリーに、ほぼ毎日つけています。

たとえば、

△月■日　今日は本当によく家事と仕事をした

○月☆日　もっちゃん（友達）と久しぶりに会って楽しかった。シドニーの

お土産ももらった

という単純なものから、

□月★日　スリランカ地震緊急支援に五万円寄付した。

●月○日　母（H一七・三・一六永眠）の呉服屋への未払い一五〇万円支払った。

という立派なものまであります。

×月☆日　久しぶりにのーまつさん（友達）と会えてたっぷり話せて、一緒にお昼も食べて嬉しかった！（彼女は最近、四四歳にして電撃結婚したばかり。親も友達もあきらめきってた彼女が、「私はあきらめない」と言い続け、とうとう夢を果たした姿に感動）

という感慨深いものもあれば、

○月□日　初物の筍《たけのこ》を静岡から送ってもらって食べた。美味しかった！

なんていうくだらないものも、もちろんあり。

○月△日　ウリちゃん（娘）がプリスクールに通い始めた。一日四時間。最初三十分泣いて、遊び始め、公園にみんなで行ってまた泣いて、最後は踊ってたそうだ。ユニフォームやスクールバックも嬉しそうに見ていて、大人になったものだわとちょっと誇らしい気分になった。

な〜んてのも。自分の日記、人に見せるのは恥ずかしいもんですが……。まあこういった調子で、誰でもできますので、みなさんも今日からやってみましょう。どんどん幸せになりますよ！

「なにげない毎日の小さな幸せ」が周りもハッピーにする

3 早寝早起きの快楽を知る

昔から日本でも、「早起きは三文《さんもん》の得」とか、「夜十時から午前二時はお肌が再生する美容睡眠タイム」とかいいますよね。これってホントなんです。

私もかつては夜型人間で、夜遊び大好き、仕事も夜通しやって明け方寝る、という暮らしを続けていました。でも、インド五千年の健康法アーユルヴェーダの先生に会ってから、早寝早起きのライフスタイルに変えたのです。先生いわく、

「人間は太古の昔から、大自然とともに生きてきた。日の出とともに起き、日没とともに寝る。ところがつい最近（人類の歴史の長大さに比べたら、近代文明などつい最近のこと）電気が発明されてから、人は自然に逆らった生活をするようになった。それが、病気や不和、憂鬱《ゆううつ》の原因なのだ」

病院で診断される病気でないまでも、ストレスからくる不幸感や孤独感を感じ

ている人も、周囲と協調できない人も、アーユルヴェーダ的には、れっきとした病気。思えば私もかつて夜型生活をしていたときは、「楽しくて、やがて悲し」みたいな、時折ゴーンと襲ってくる、落ち込みや不安感に苦しんでいました。

私は子宮筋腫の自然治癒法を求めて、この先生のレクチャーに参加したのですが、婦人科系の病気も、ストレスや不自然な生活が原因のひとつと考えられています。特に寝るべき時間に寝ず、活動すべき時間に活動していないと、ホルモンバランスが崩れるのは必至なのだそう。

アーユルヴェーダでは、理想的には夜九時に就寝、十時までには熟睡に入っているのがよいといいます。日没とともにすべての仕事を終了して、消化によい軽い食事を取り、好きな音楽でも聴いてゆっくりくつろいで、お風呂に入って九時にはベッドに入る。

アーユルヴェーダ的にも夜十時から午前二時は、もし熟睡していたら体を自然治癒させる〝黄金タイム〟。寝る二、三時間前までには夕飯を済ませていたいのは、就寝前にものを食べると、寝ている間にも体は消化活動を続けていて、休まらないから。すっかり消化された状態で休めば、体はちゃんと休まり、その自然治癒力を発揮。体が勝手に隅々までお掃除し、異変があれば治しておいてくれるのだそう。

内臓は目に見えないから〝体感〟でしか分からないけど、お肌なんかは目に見えるので、その効果が分かりやすい。私は早寝早起きを始めて一年半くらいで、「いまだかつてない体調の良さ」を覚えました。お肌も、年取ってるのに以前より調子がいいくらい！

では、朝は何時くらいに起きるのがベストかというと、六時前。夜明け前に起きてヨガや散歩など軽い運動から一日をスタートさせる。すると、その日一日がココロ穏やかに送れます。六時を過ぎてしまうと、また眠い時間帯がやってきてしまうので、早起きするのがつらくなり、「気持ちいいこと」ではなくなってしまうのです。

そう、私もやってみて分かったんだけど、早寝早起き実は快楽的なことなんです。夜型人間とは快楽のフォーカスが違うんだけど、早寝早起きで作られるあの体調の良さ、美容状態の良さ（早寝早起きをしている人は、お肌の調子がいいだけでなく、いつも全身スッキリしています）、あの素晴らしい朝のすがすがしさを覚えたら、もーやめられまへん。

寒いときは無理だとしても、早寝早起きしたら、春先から秋口までは、朝散歩をしてみてください。都会でもこんなに空気が美味《おい》しいのかと驚くし、朝焼けのきれいさや、日々違う空の美しさにも感動を覚えます。

そして、近くの公園に足を伸ばせば、木々や花々に、季節を感じることもできるのです。自分が自然の一部だということが体感できます。

ぜひ試してみてください。人生が変わりますよ！

夜十時から午前二時の睡眠は、お肌が蘇《よみがえ》る黄金タイム

4 休日は浮世を忘れる場所に行く

通勤や通学などで、混んでいる時間帯に電車に乗ったり、混んでいるところを歩かなければならない。これは仕方がないですよね。でも、ならプライベイトではできるだけ、空《す》いている、雰囲気のいいところを歩きましょう。

せっかくの日曜日、朝、新聞の折り込み広告を見て、デパートのバーゲン情報をゲット。

「ま、行かなきゃだわっ」

と、ちょっと得しようと思って出かけて、かえってソンした気分になったことはありませんか？　まるで満員電車の中に出かけていったよう。人波にぎゅうぎゅう押されて、突き飛ばされたり、気持ち悪くなったりして。それで安っぽい、去年の売れ残りみたいなものしか買えなかった日にゃあ、目も当てられません。

若くて元気あり余っちゃってるときならいざ知らず、三十路《みそじ》も過ぎ、疲れやすく体力にも限界を感じてしまったら、もうそういった場所には行かないほうがいいのです。特にデパートは空気もよくないし、人疲れしてしまう。会社だけでも人疲れする環境で生活しているのですから、休日くらいはできるだけ清々《せいせい》した場所で過ごしましょう。

おうちをきれいにお掃除してくつろぐのもいいですし、近所を散歩するのもいい。それでもどうしても「華やいだ気分」を味わいたくて街に出かける場合も、できるだけ空いているところを選んで過ごしましょう。穴場は原宿の「八竹《はちく》」のような店です。ここは若者の街原宿にあって、大人が唯一くつろげる店。老舗の大阪寿司のお店なのですが、店構えが粋なため、「高いんじゃないか」と思って入らない人が多い。でもたかが大阪寿司、高くても一五〇〇円くらいのものです。しかしされど大阪寿司、ここのは特別美味しい。

休日に出かけるときは、街が空いている午前中に出かけるのがコツ。「八竹」も朝九時から開いてますが、ホテルも大体朝から開いています。だから少し高く感じても、ホテルのラウンジなどは、結局はお得ということになるのです。

おすすめは、渋谷にあるセルリアンタワー東急ホテルのロビーラウンジ「坐《ざ》忘《ぼう》」。ほんとに、座ってお茶飲むと、浮世のことはすべて忘れてしまうほど、天井が高い！ ソファのすわり心地もよく、中国茶など飲み物の種類も豊富。目白のフォーシーズンズホテルのガーデン・ラウンジ「ル・ジャルダン」も、広大な美しい庭園を眺めながら、三段重ねのアフタヌーンティが楽しめます。

雨の日や、真冬や真夏の休日、出かけるにも表はぶらぶらできない気候条件のとき、ホテルに出かけるのはひとつのアイデアです。ニューオータニなど古いホテルのショップはけっこう懐《なつ》かしい、つまんないものを売ってますし（だから見て楽しむだけで買わずにすむ）、新宿のパークハイアットなど新しいホテルは、まるで外国にいるようなうっとりした気分にさせてくれる。

食料品店も同じです。育ち盛りの子供が三人くらいいて、量で勝負しなきゃいけない家はともかくとして、独身のキャリアウーマンや共働きの少人数家庭などは、紀ノ国屋などの高級グルメスーパーに行ったほうが、サービスも良く空いていて、いい気分で買い物ができる。高いといってもたかが食料品です。ブランド物を買うほどお金はかかりません。その品質とスペースと「気分」を考えたら、損した気分にはならないはずです。

数年前から激安ショップも流行っていますが、そこでいくら安く多くのものを手に入れたとしても、気分まで安っぽくなってしまうので、それはソンなのです。大体、よく考えるとそんなにモノは必要ないのですよ。私もバーゲンに嵌《はま》った後で反省するのですが、「安いから欲しくなっただけ」で、実は必要のないものがほとんど。福袋もしかり。

ホテルのラウンジは、大人の悦楽スペース

「八竹」	☎03・3407・5858
セルリアンタワー東急ホテル「坐忘」	☎03・3476・3000(ホテル代表電話)
フォーシーズンズホテル「ル・ジャルダン」	☎03・3943・0920

5 お掃除癖をつけて、心のホコリも払う

部屋がぐちゃぐちゃのまま平気で過ごしている人がいますが、「部屋はその人の心の状態を表す」といわれているのをご存知ですか？

お掃除が苦手で、部屋もクローゼットもぐちゃぐちゃの人は、本当はどこかで「なんとかしたい」と思っているのに、しない人です。人間は誰だって、すっきりと片付いたきれいな部屋で、本当は過ごしたいものなんですよ。

私は毎朝、どんなにかったるくても掃除をします。なぜなら、だるくても掃除をしないと、その日一日散らかった、私の飼ってる猫の毛や、自分の毛、ホコリの舞い散る環境で過ごさなければならないし、何より、翌日結局はもっとひどい状態（二日分の汚れが積もっている）の部屋を、掃除しなければなりません。それを考えると、毎日、少しずつ、掃除したほうがいいのです。

人が生活しているということは、毎日掃除しても、毎日汚れるものです。それをお掃除するのは、お風呂に入るのとおなじです。お風呂もめんどくさいからって一日入らないと、全身超うざったくなるでしょう？　すっきりとすがすがしい気分で暮らすには、毎日の掃除は不可欠なのですよ。

「でも、居職《いじょく》の人と違って私はお勤めだから」

といって、ぐっちゃぐちゃの部屋に帰りたくないからって、ぎりぎりまで外で食事もお茶も済ませ、帰ったら風呂入って寝るだけ、朝起きたら服着てメイクして出かけるだけって人がいますが、じゃあ、彼が突然来たらどうするの？　そして結婚してからは？

片付け魔の彼氏と結婚するか、メイド付きの生活ができるんでなかったら、今からお掃除癖をつけておきましょう。

それでもどうしても自分ではなんともならない、という人は、そのぶん稼いで、週一回なりお掃除の人を雇いましょう。

私の知り合いの独身編集者は、あまりにも忙しいためお手伝いさんに鍵を預《あず》けておき、週一回来てもらうようにしています。この人は社員編集者なのでお給料取りですが、ブランド物やエステや美食などに興味がないので、週一回のお掃除代くらいお給料からまかなえるといいます。

毎日掃除をする私も、月一回は、自分では手の届かないところの大掃除をしてもらうため、頼んでいます。以前は大掃除も全部一人でしていたのですが、寄る年波、毎日の仕事と家事の両立、プラス定期的な大掃除は大変になってきた。ダンナはハナから家の掃除などするつもりはなし。もっと若かった頃は言えば少しは手伝ってくれたのですが、三十路を過ぎてからがんとしてやらなくなりました。

お手伝いさんを頼むようになったのには、年上の女友達の入れ知恵がありました。まだ私が二〇代だった頃、当時三〇代後半だったある女性誌の既婚編集長が、年をとったら月一回お掃除の人を雇うように、私にしきりにすすめたのです。その頃の私はまだ若く元気がありましたので、その必要性が分からなかった。だからそれを、成功したキャリアウーマンの贅沢《ぜいたく》だと思って聞いていたのです。

ところが編集長は、

「理香ちゃんにも三〇過ぎたら分かるようになってくるよ。ホントに疲れるんだから。いい仕事したかったら、ほかの人の力も借りて、うまくやっていかないとダメなのよ。自分が疲れきっちゃったら、いい仕事なんかできないからね」

と、力説したのです。それは今でも忘れられない、ある種私の人生を変えた、とも言えるアドヴァイスでした。

そう、稼いだお金は賢く使うべきなのです。

月一回、三人のメイドさんが来て二万四〇〇〇円。これは仕事をする主婦には、妥当な投資だと思います。磨き掃除などの重労働で擦り切れることもなく、二時間で済み、散歩から帰ると部屋は見違えるようになっているのですから。

二万四〇〇〇円という値段は高いようですが、汚れのつもりつもった我が家から一瞬抜け出して、「命の洗濯をしに」ホテルや全身エステに行く一回ぶんと変わりません。そして使用頻度の少ない靴やバッグ、お洒落着などを買うよりも、ずっと価値があるお金の使い方だと思います。

それでも若いOLさんたちにとって、お洒落は最重要事項でしょうから、無理にとは言いません。二〇代の頃はまだ体力もあるから、自分で掃除しようと思えばできます。そのぶんお給料も少なく、遊びたい盛りなので経済的にも大変でしょう。私もそうでした。でも、三〇代になってから徐々に変わってきたのです。家を居心地良くする贅沢にまさるものなし。私は三三歳から始めました。お洒落やエステや遊びにあまりお金をかけなくなったから、できることなのです。月一回自分にご褒美。疲れを感じて来たキャリアウーマンにはおすすめです。

部屋はその人の心の状態を表す

6 お気に入りのパン屋さんを見つけよう

近年日本でも、外国風のおしゃれで美味しいパン屋さんが増えています。これってとってもハッピーなこと。だってそういうパン屋さんで焼きたてのパンを買うだけで、まるでパリにいるような気分になれるし、パンは原価が安いだけに、どんなに高級なものでもタカが知れてる。たったウン百円で幸せになれるんだから、こんなにいいことはありません。

それに、そのパン屋さんに行くためにわざわざ出向いたり、散歩の足を伸ばしたりすることで、運動量も増え、ダイエットや健康づくりの役にも立ちます。みなさん是非、おうちの近くや会社の近くで、お気に入りのパン屋さんを見つけてください。ちなみに、私のお気に入りは以下です。

◆「ラ・ブランジェ・ナイーフ」

代官山駅近くと、目黒川沿いにある。安定した美味しさを良心的な値段で提供し続けているパン屋さん。チョココルネなど懐かしい日本のパンのメニューもあり、週末は代官山にお洋服買いに来る若者で長蛇の列。桜のシーズンも、目黒川のお花見客で売り切れ続出！

◆「メゾン・カイザー」

パリのフィガロ紙で「クロワッサン人気ナンバーワン」に輝くパン屋さんの高輪《たかなわ》店。私はここのオリーブパン、ハーブパン、そば粉のパンが好き。ちょっとオーブンであっためれば、そのまんまかなりグルメなワインのおつまみになる。三田、高輪は車でないとちょっと行きづらいけど、渋谷西武A館地下ワインのお店「ヴィノスやまざき」でも買えるし、「ディーン&デルーカ」でも扱っている。

そのほか、代官山の「アルトファゴス」、広尾の「ブルディガラ」や、レストラン・マダム・トキの庭にある「ラ・コロンバ」、ちょっと高級感を味わいたいときは新宿パークハイアットの「デリカテッセン」などがおすすめ。そのときの気分に合わせて雰囲気を楽しみます。

どこのお店も雰囲気と包装が可愛いくて、美味しそうな匂いでいっぱい。幸せになれること間違いなしです。

❦焼きたてのパンの匂いだけで、幸せ気分

ラ・ブランジェ・ナイーフ	☎03・3496・0870
メゾン・カイザー高輪	☎03・5420・9683
アルトファゴス	☎03・5489・1133
ブルディガラ広尾	☎03・3280・2727
ラ・コロンバ代官山	☎03・3461・2298
パークハイアット・デリカテッセン	☎03・5323・3635

7 超グルメものをちょこっと食べよう

三十路も半ばを過ぎると消化能力が衰えてきて、グルメをしたいもののレストランのフルコースは重くなってしまいますよね。しかもあの、体力勝負の長丁場に耐え切れなくなってくるし、ワインを一緒に飲み始めたら、途中で家に帰って寝たくなっちゃう！

そこで、大人の女の嗜《たしな》みとして、超グルメものをおうちでちょこっと食べるのがオススメ。これは健康に気をつけるとか、ダイエット云々《うんぬん》とは別次元の「食」。美味しいものって、ほんとに少し食べるだけで単純に幸せになれるし、超グルメものは「自分に贅沢をさせている」気分を満喫できる。それにたとえ「太るもの」でも、たまの「ご褒美」だったら実際の美容には影響ありません。影響あるのは、美味しいものを食べてなくて、その欲求不満でまたまた中途半端に美味しい（実は美味しくない）ものを「たくさん」食べてしまうこと。この悪循環にハマってしまう人は、グルメものを「高い」からって買わないで、中途半端な値段のものを買い、結局は満足していないのです。

それでは私のとっておき「絶対幸せになれるちょこっとグルメ」をご紹介します。Ｒｅａｄｙ？

◆「トイスチャー」のシャンパントリュフ

新宿高島屋地下で手に入る、スイス空輸の「世界一美味しいシャンパントリュフ」。これを一三年ほど前、かつて青山にあったショップで購入し、初めて食べたときはあまりにも美味しくてぶったおれた！　一個三〇〇円はお高めだけど、その幸福感を考えたら安いもの。たった三〇〇円で幸せになれる！

◆「塩野」の生和菓子

赤坂本店でのみ購入できる。私は酒飲みであまり甘いものは好きじゃないんだけど、ここの和菓子を初めてお茶の先生のところでいただいたときは、目からウロコ！ それまでの「和菓子はきれいだけど美味しくないもの」という、既成概念をくつがえした！ 和菓子だけに季節を目でも味わえる。これも一個三二〇円とお高めだけど、たった三二〇円で幸せになれると思えば安いもの！

◆「茶の愉」のファーストフラッシュ・ダージリンティ

広尾の「茶の愉」で売っているファーストフラッシュ・ダージリンティは、確実に美味しい。特に春摘みの「プッタボンSFTGFOP1」はそのフラワリーな香りと黄金の湯色が素晴らしい。これも、一〇〇グラム三一五〇円と思うと高いけど、これで何杯「至福のティータイム」が楽しめると思う？ ゲット・ハッピー！

◆「サラベス」のジャム

成城石井、ヒルサイドパントリー代官山、などなどで手に入る「ニューヨークでいちばん朝ごはんが美味しいレストラン」の手作りジャム。このレストランに二四歳で初めて朝ごはんを食べに行ったときはその美味しさ、お素敵さにもうシンデレラ気分！　今ではチェルシーにもキッチンができ、いまだにオーナーのサラベス自ら毎日お菓子やパン作りに精を出している。私の好きなのは、ロージィチーク、ピーチアプリコット、ビリーズブルーの三つ。とにかくフルーツのブレンドのセンスの良さが素晴らしく、名前の付け方もスウィート！　これもひとつ九八〇円（店によって値段が違う）だから「高いジャムだなっ」ってお思いでしょうけど、毎朝、超美味しいトーストが食べられるし、結構持つ（笑）からお得だししゃ～わせ。一日の気分が違うよ。

✦フィレンツェ、「Novizio」の冷凍エクストラヴァージン・オリーブオイル

それまでハマってたオリビエ＆コーのオイルがもう「過去のもの」となるくらい、衝撃の美味しさを放ったオイル！　絞りたてを冷凍して空輸しているので、解凍して約二週間はまさに「絞りたて」の味を味わえる。そのグリーニッシュなフレイバーと信じられないフレッシュさ！　私が「パンにつけても美味しい」と

思えたエクストラヴァージン・オリーブオイルはこれだけ！　ヒルサイドパントリー代官山にて一本二二〇〇円で売っているけど、その値段が「安い」と思えるほどの価値がある。もう美味しすぎて飲んでもいいくらい！

◆二四ヵ月熟成ビンテージ・ミモレット

渋谷西武A館地下「ヴィノスやまざき」にて出会った「カラスミいらず」のチーズ。一〇〇グラム八八〇円とちょっと高いけど、カラスミみたいに美味しくて、なにしろオシャレ！　やっぱり女性だもの、カラスミにポン酒より「ミモレットにワイン」でしょう。

超グルメもので贅沢気分を満喫

ヒルサイドパントリー代官山　☎03・3496・6620
茶の愉広尾店　☎03・5447・5535
塩野　☎03・3582・1881

8 お花を飾って免疫力を高める

みなさん、きれいなお花を見るだけで、免疫力が高まるのをご存知ですか？前述の世界的自然療法のドクター、ワイル博士の本に書いてありました。お花は美しいだけじゃなく、生命力の象徴。だから開花の瞬間を愛《め》でれば、まさにそのエネルギーをゲットできるということなのでしょう！

さらにお花は、都会にいても季節を感じることのできる、ありがたいものです。たとえば花屋さんにチューリップやヒヤシンスが並び始めたら、「ああ、春なのね」と思うことができる。それを買って帰って飾ることで、まだ寒くても「もうすぐ春だよ」と、自分を励ますことができるのです。

私のフラワーアレンジのポイントはシンプル・シック。わりとおおぶりの花を単品で、透明なガラスの花瓶に飾ることがほとんどです。もし、あまりセンスの良くないアレンジの花束をもらったりした場合は、小花とおおぶりの花を別々にして、それぞれ似合いの器に飾ります。同じ色や種類のものを集めることで、雑な感じがなくなるのです。

花瓶も、小さいブーケだったら飲み物用のグラスを利用してしまうこともあります。わりと重みのあるクリスタルグラスなどは、お花を生けても倒れないし、きれいです。

最近では青山フラワーマーケットなど、外国風の可愛くて安い花屋さんも増え、五〇〇円くらいでもちょっとしたテーブルフラワーが、一〇〇〇円も出せばかなり立派なアレンジメントが買えます。ぜひグラスに入れて食卓に飾ってください。お花を買って家に帰るのもウキウキだけど、日々美しい、みずみずしいお花を眺めて暮らすのは、とても心潤《うるお》うものです。

切花は命あるものを粗末にするようで嫌いだという人もいますが、私は毎日水を替え、水切りをしてあげて、枯れたら「楽しませてくれてありがとうね」といって捨てることにしています。感謝の心を忘れなければ、お花さんも本望なのではないでしょうか。

水切りをして、枯れた順から捨てていくと、だんだんお花の数が少なくなりますよね？　そしたら私は、最後に茎《くき》が腐って花だけになったのを、小さい器に水をはり、浮かべたりします。これはこれで風流なものですよ。

お花を愛《め》でてエネルギーをゲット

青山フラワーマーケット
☎03・3486・8787
www.aoyamaflowermarket.com

9 特別にアレンジしたブーケを贈ろう

ちょっとした手土産や大切な日のプレゼントにも、お花を買いましょう！

美しいお花を買うのは気分がいいし、最近では花屋さん自体も素敵でアレンジメントもラッピングも外国風。花を買う自分も楽しめるし、それをもらって喜ぶ人の顔を見るのも嬉しいものです。

今は可愛いカジュアルブーケが売られているので時間もかからず、同じ値段で買えるお菓子よりよっぽど気の利《き》いた手土産になるでしょう。

第一お菓子は可愛いけどその人のお口に合うかどうか分からないし、太りやすい人にはイジワルになってしまいます。

誕生日や記念日、大切な人への贈り物にも、なにをあげたらいいか悩むよりは、特別なブーケを贈ってみたらどうでしょうか。

ちょっと高級だけどいい花屋さんで、その人に合ったお花を選んで（信頼できるセンスの持ち主なら、店の人に選んでもらってもいいでしょう）、目的に合わせたアレンジやラッピングをしてもらうのです。

男の人も、これからは「右手にお花、左手にワイン」ですよ！

手土産にはお茶菓子より、ブーケ

10 歯磨きサクセス美人になろう

幸せになりたかったら、まず歯を磨きましょう！

歯は一生使う大切な器官で、食べることは生きることの基本。もちろん「話す」っていう人間のコミュニケーションにも重要だし、話すとき、笑ったときの歯の印象は、その人の人生を左右したりする。もちろん、ラブライフもね。

それに、歯槽膿漏《しそうのうろう》や虫歯は、自分が痛かったり大変な思いをするうえに、臭《にお》いで他人にも迷惑をかける。それも、いちばん愛し愛されなきゃしょうもないような、大切な人に。仕事相手だってそう。近くでお話ししなきゃなんないときに、すっごく臭かったらたまらないでしょう。さらに、虫歯や歯槽膿漏で発生した細菌が、内臓を蝕《むしば》むことだってあるそう。

というわけで、歯の健康を保つこと、審美に気をつけることは、自分の幸せを左右する重要な鍵といえます。

歯科医療の進んでいるアメリカなんかでは、歯並びの悪い子は芸能人でなくとも歯列矯正《きょうせい》するのがあたりまえだし、映画でもヒロインがトゥースフロスを使っていたり、歯を磨いているシーンがよく出てくるでしょう。男の人でも、成功者は必ず歯がきれいで、体のメンテナンスにも成功している。サクセスのポイントは、歯磨きも含めた日々の健康管理にあるのです。

そしてなにを隠そうこの私、小学校五年生のときに我が家のホームドクターである山田歯科にかかってから(私は八重歯で、それを治すため歯列矯正をしたの)、「一生自分の歯で美味しく食べ、笑い、しゃべる」

というポリシーのもとに、日々歯磨きをがんばっている。こういうポリシーを持って、歯磨きの指導とメンテナンスを重点的にやる歯医者さんって少ないから、いい歯医者さんを探すのもサクセスのポイントといえそう。

我が家では山田歯科指導のもと、まず表面の汚れを取るローリング方式、歯と歯茎の間の歯垢《しこう》を取るバス方式、そして歯と歯の間の歯垢を取るトゥースフロスで、約二〇分はかかる歯磨きを必ず寝る前にしている。

しかしおかげで、うちのダンナも結婚前は歯槽膿漏気味だったのが、すっかりクリーンな息のオトコになり、幸せをゲットしたのでした。

歯の印象が人生を変える

11 公園でウォーキングしよう

みなさん、現代の贅沢とは何だと思いますか？　それは、いい空気と自然、そしてスペースです。これこそが私たちの生活に不足しているもので、意識してゲットしなければハッピーになれないもののひとつです。

この三つの条件を満たすものとは、ずばり公園です。それもかなり大きい、自然の豊かな、たとえば、東京都心なら代々木公園、ニューヨークマンハッタンならセントラルパークみたいな。私はこの二つ、本当にゴージャスだと思います。すばらしい公園を散歩する楽しみを、外国人（ほんとによく散歩をします）や老人、子供、トランス系の若者（公園で太鼓叩いたりして過ごします）だけに、渡しておく手はありません。

私は三十路を過ぎてから、美容と健康のためにウォーキングを始めて、アンドルー・ワイル博士の著書『癒す心、治す力』を読んでから、公園に行き始めました。ワイル博士は、ウォーキングと一日一回一時間「いい空気を吸うこと」は、健康づくりに欠かせないものだといいます。

そして都会で「土の上」を歩ける場所は、本当に公園ぐらいのもの。土の上を歩かないと人間は、大地のあたたかさや柔らかさを忘れてしまうし、土の上を歩くことで、現代人の弱くなった生命力を取り戻すことができる。大地からエネルギーをゲットすることができるんですよ。

さらに公園は、緑がいっぱいあって森林浴ができるだけでなく風光明媚《ふうこうめいび》。噴水のそばではマイナスイオン効果でリラックスできるし、花や新緑や落ち葉、四季の移り変わりを感じることができる。親しい人たちと遊びに行って楽しい場所、ロマンティックな場所でもあるのです。

特に代々木公園やセントラル・パークくらい大きくなると、都会にいるのを忘れてしまう。ちょっとした小旅行感覚も味わえて、天気のいい日曜日の午後、夕暮れなどは、とってもいいムードがあふれているのです。

しかも「タダ」です！　どこかお店に入ってサービスを受けて、お金を払うわけでもなく、それよりももっとゴージャスな時間を過ごすことができる。デートや友達とのお出かけに、これを使わない手はありません。健康づくりにも役立って、一石二鳥！

土の上を歩いて生命力を取り戻す

12 ヒーリングスポット、神社へ行こう

これはけっこうオーソドックスなハッピーになる方法なのですが、現代ではおじいちゃんおばあちゃんがやることとみたいな印象もあり、他の人はお正月やお祭りのとき限定だと思っている節《ふし》があります。

が、神社は日常的に行くと素晴らしいところなのですよ。というのも神社は、そもそも磁場《じば》のあるパワースポットに建てられているので、行くだけで元気になれる場所でもあるのです。

というわけで私は、あたたかくて天気のいい日はお散歩がてらよく神社に行きます。神社は都心にあっても緑がいっぱいで目にも麗《うるわ》しく森林浴もでき、お土産の神様グッズや懐かしメのお菓子も売ってるから超ハッピー。

そして行って必ずするのは、お参りのあとにおみくじを引くこと。こ～れが不

思議で、まさにそのときの状態にぴったり合ったメッセージが伝えられるんだわ。ほんと、

「イヤー、神様ってちゃんと見てるのねー」

と毎回思う。ジョナサン・ケイナーの星占いくらい当たるよ。

ひとつの例を紹介するね。

私が赤ちゃん欲しくてなかなかできなくて、持病の子宮筋腫が原因なんじゃないかと悩んでいた頃、歯医者の帰りにとぼとぼ歩いてて、ふと入ったちっさい神社に、タダでもらえるお札がおいてあったの。それがすごくて、

『足《た》ることを知る　老子《ろうし》』

もうガーンと来たね。これは東京都神社庁（そんなもんあったか！）が出してるお札なんだけど、裏面の説明は、

「不満を捨てて、現状に満足すること。分相応であることに満足する心境に達すると、心身ともに安らかな、幸福な境地でいられるという」

それで私はやっと、「欲深かった自分」に気づいたの。子宮筋腫がごろごろあったって、子供がいなくたって、うちゃ夫婦仲がよくて仕事もあって、住むとこ

ろもあって、友達もいて、猫もいて、楽しく暮らせてるんだからそれでえーじゃないのと、心から思えた。

そしたら急〜にハッピーになって、体調も今までになく良くなっちゃったんだなぁ。

「くー、満ち足りてる。今すでに、私は幸せだ」

と、生まれて初めて思えたような気がする。効果絶大よ、神社参拝。あなたも散歩ついでにどうですか？

神社は都会のヒーリング・スポット

13 間接照明、キャンドルライトのススメ

お肌の曲がり角をすっかり過ぎると、太陽の下で間近に見る自分の顔、同世代の友達の顔はほんとうに恐ろしいもの。シミに小じわ、たるみ、黒々とした産毛《うぶげ》（ヒゲか？）、目の下のくま、そして二重顎《あご》！　若かりし頃のあの初々《ういうい》しい自分から、友達から比べると、まるで別人みたい。

日本の夜の煌々《こうこう》とついた蛍光灯も、顔色を青白く、ときには青緑色っぽく、またあるときは土気色に見せ、思わず「大丈夫？」と声をかけてあげたくなってしまいます。

でも大丈夫。大人の女には、間接照明がつおーい味方。日本ではとかく「目が悪くなるから」といってふつーのおうちの夜の照明は明るくしがちですが、夜中に針仕事をするわけでもないから、リラックスしたムードを演出するのにも暗め

の照明がよろしいです。

それに、トシを取るとマジでまぶしい！　太陽光線も、かっこつけじゃなくサングラスなしでは拝《おが》めません。そして夜、疲れが出始めた時間の明るすぎる照明も、目にビビビと来ます。夜中トイレに起きたときや、朝起きぬけの照明もまるで「目つぶし」攻撃！

間接照明やキャンドルライトは、大人の女の顔をきれいにセクシーに見せるだけでなく、目に優しく、なにせうす暗いから色々できないわけで、ゆっくり休息を取る手助けもしてくれるのです。

ちなみに我が家では、ほとんどの電気に調光器をつけています。そうすると、気分と体調に合わせて光をかげんできるし、朝昼晩、違う時間帯やシチュエーションにおけるムード作りにも役立ちます。いくらもかからないと思うので、電気屋さんに相談してみてください。

間接照明はもっと簡単。天井についてる電気は消して、適当なライトを壁に当てたり天井に当てたりすればよいのです。火事に気をつけさえすれば、キャンドルライトも素敵。食卓やリビングルームのテーブル、いい香りのものをベッドサイドのテーブルに置いたり、時にはバスルームの明かりを消して、キャンドルライトだけで入浴したり。

まるで映画のヒロインになったような気分で、今宵は楽しんでみませんか？

間接照明は、気になるお肌の強い味方

14 トイレの蓋《ふた》をちゃんと閉める

これは気功の先生に教わった「お金が儲《もう》かる方法」のひとつで、理屈はこうです。

「お金はエネルギーだからね、うまく流さなきゃダメなの。水もそれと同じで、たまってるところには蓋をしなきゃダメ。蓋をしないと、良くないエネルギーがたまっちゃうの」

そして人間も、「食べ物」とか「水」とか「空気」、はたまた「気」といったエネルギーを取り入れて、出す、いわば「導管」だから、つまらせるとよどみ、腐ってしまう。だから、日々排泄《はいせつ》するものを流してきれいにしてくれるトイレ、これに感謝し、ピカピカにしておくことも大切というわけ。

「便所の神様」ってご存知ですか？　昔、田舎の家にはトイレにお札が貼ってあったりして、おばあちゃんがトイレに行くたんびになんかぶつぶつ呪文《じゅもん》を唱えてたりしませんでしたか？　これぞ八百万《やおよろず》の神に感謝する文化の名残で、今こそ私たちが取りもどさなければならない大切なことなのです。

つまり、「大自然に感謝する気持ち」。お水、空気、太陽、植物＝食物、そしてトイレあっての私たち♥。

おばあちゃんがぶつぶつ言っていた呪文は、トイレの神様に感謝する言葉だったんですねぇ。それは本来サンスクリット語で、日本語化した妙なお祈りなのですが、

「ウシュシュマの明王様ありがとうございました」

と三回、

「オンクロダノウンジャクソワカ」

と三回唱える。計六回、トイレするたんびに、流しつつ、蓋を閉めつつ、感謝しつつ、声に出して唱える。

けっこう恥ずかしいけど、もう癖になっちゃってるから、私も毎回やってます。よそのトイレでは怪しまれるのでココロの中で。でも蓋はちゃんと閉めて、

汚かったらどこのトイレでもちょっときれいにする。これを実行することによって、あなたは今日からどんどんお金持ちになる。といっても、必要なだけしか入ってこないけどねー(笑)。

ちなみにウシュシュマの明王様とは、人間の排泄した汚いもの(心の汚さも)を焼き尽くしてくれるトイレの神様のこと。ま、信じてない人も、ばかばかしいと思わないで、やるだけタダだからやってみて。トイレはキレイに越したことないしネ!

お金持ちになりたかったら、トイレはピカピカに

15 流しに洗い物はためない

これも「トイレの蓋は閉める」と同じ理由で、水のたまっているところには良くないエネルギーがたまるから。

流しの洗い桶に汚れた食器をつけたまんま寝てしまう、なんてのは言語道断《ごんごどうだん》。食べたら洗い物はさっさと片付けて、クリーンなエネルギー状態をキープ。

「でもなぁ、夜なんか腹いっぱいで眠くなっちゃって、それどころじゃないでしょ」

と言う輩《やから》は食器洗い機の購入も手。我が家はまだそこまではいってないけど、もうちょっと年取って体力が衰えたら考えようかと話し合っている。

ちなみに私のお皿洗いのポイントは、「食べ過ぎない、飲み過ぎない」。おなかいっぱいだとなんにもしたくなくなっちゃうし、ましてや酔っ払っちまったら後片付けなんて……。　やはり腹八分目の軽い体が、明日の幸せを作るのでしょう。

お皿はすぐ洗ってクリーンなエネルギーをキープ

16 オーラをきれいにする真言を唱《とな》える

トイレで唱《とな》えるおまじないを伝授しましたが、ここで気功の先生から教わった、とっておきの言葉をお教えいたします。

幸せになるには、つまり幸運を呼び込むには、まず自分のオーラをきれいにすること。やり方は簡単。次に書いてある生まれ年に合わせた真言を、胸に手を合わせて七回唱えればよいのです。

子年　オンバザラダラマキリクソワカ
丑、寅年　オンバザラアラタンノーオンタラクソワカ
卯年　オンアラハシャノウ
辰、巳年　オンサンマヤサトバン

午年　オンサンザンザンサクソワカ
未、申年　オンアビラウンケンソワカオンバザラダトバン
酉年　ナウマクサンマンダバザラダンカン
戌、亥年　オンアミリタテイゼイカラウン

ちょっとへんですが、これはサンスクリット語です。音自体にオーラをきれいにする力があるそーなので、声に出していうといいらしいです。私も最初は声に出すのが恥ずかしかったのですが、だんだん慣れてきて（笑）、今では毎朝唱えております。ワンセット七回。一日何回唱えてもいいそうです。

生まれ年の真言は、幸せを呼び込むおまじない

17 生き生きワクワクした毎日を送る

そのコツは、好奇心の火を絶やさないことです。

年を取れば取るほど「初めて」のものというのはなくなってきて、だんだと「なんでも経験済みで面白くない」となりがち。でも実は同じ経験でも、年をとったときと、それ以前では、感じ方が違うのですよ。私のお茶の先生(五〇代)が、

「これがまた何十年やっていてもね、お茶っていうのは面白いの。やっぱり同じように見えるものでも、違いの分かる年にならないと、分かんないってことあるのよ」

とよくいっていますが、私も三十代後半になってから、それが徐々に分かるようになってきました。

昔、インスタントコーヒーの宣伝で「違いの分かる男の……」シリーズをやっていましたが、あれってほんとなのですね。もうなんでも一回経験があるから「面白くないや」ってすべてに対して食傷《しょくしょう》してしまったら、「あの頃がいちばん良かった」と昔語りを始めるようになり、その人は「終わってる」人になってしまうのです。本人も幸せじゃないでしょう。そうではなくて、同じことをやっても、見ても、聞いても、食べても飲んでも、以前とは違った印象を受ける。そのことに好奇心をきらきら働かせると、人間って面白いと思えるのです。

このへんが、「生き生きワクワクした毎日を送るコツ」で、年を取ってどんどんクサって行く人と、いつまでも若々しく生き生きと生きられる人との、境目とも言えるでしょう。

いつまでも可愛らしく、おしゃれな女性は、何歳になっても楽しいものです。毎日、自分が楽しくなることを日常生活の中から探しているので、楽しくなることに長《た》けている。誰かと会っても、どこかに行っても、その人自身が楽しんでいるから、まわりにいる人までもハッピーになれる。

たとえば今日、会社の帰り、見知らぬ町に降り立ってみる。それだけでも、新しい発見があるかもしれないですよ。私は散歩するとき、決して行き帰り同じコースをたどらないようにしています。そしてぶらぶら、いろんなものを観察しながら歩くのです。新しいお店があったらもちろん入ってみます。わき目もふらず目的地に向かうのは、つまらないですものね。

ときには、見知らぬ町に降り立ってみる

Part 2

自分らしい
美しさを手に入れる

おしゃれ、美容、
ダイエット── 内面から
キレイに、ヘルシーに

18 脱ファッション・ヴィクティム！

日本のブランドブームに物申すと、たいていどこの雑誌でも嫌われます。なぜなら、いまや日本は世界のブランドの一大消費国となっているから。つまり、それに文句つけて広告が入んなくなったら、雑誌、とくに女性誌は成り立たなくなっちゃうからね。

でもほんと、このブームは異様だと、もう何年も我が家では夫婦で話し合っています。だってシャネルとかグッチとか、世界の大金持ち、石油成金とかスーパースターとか、ホテル王の娘たちとか、ヨーロッパの貴族とか、そういう人たちが「普通」と思う値段がつけてあるわけでしょう。庶民の私たちが見たら、目ん玉飛び出るような値段じゃないっすか。

「げ――――っ、ゼロの数が数え切れない！」

そんなもの庶民が借金してまで買うようなもんじゃないし、スーパーモデルが着るからかっこいいもの。だいたいちんちくりんの日本人が着たら、別物になってまうでないの！　私がちんちくりんだから言うわけじゃないけど、丈詰め一五センチもしたら、デザイン変わっちまうっつーの。

「あら、私は大丈夫よ。日本人離れした体格だから」

って、勝ち誇った顔をしているそこのあなた！　顔に思いっきり「オタフク」入ってるわよ。

とにかく、日本人が外国人の、それもスーパーモデルやスーパースターの真似をしたらすっごく変だから、やめたほうがいい。

「あらでも、いいものを知っちゃうと安っぽい素材やカットのものって着られなくなっちゃうのよね。私は上質を知る高級な女」

なんてしたり顔で言ってないで。いいものは日本人向けの日本製でいくらでも売っています。それに、トレンドはすぐ過ぎるから、お給料全部つぎ込んで買った一枚が、次のシーズンにはもう古臭くなってる。こんなもったいないことを、みんないつまで続けるのでしょうか。

もちろん、「別にそんなのへでもないわ」ってくらい、めっちゃお金稼いでる人だったらいいけど、たいがいは苦労して支払ってるわけでしょ?

それがストレスになって、自分の欲しいブランド物をバンバン買えるお金持ちのお嬢様を羨《うらや》んだり、彼氏や夫にガンガン買わせることのできる「いけ好かない女」に嫉妬したりして苦しむのは、本当に人生の無駄をしているとしかいいようがない。

「でも、本当に好きなものを持つことの幸せに比べたら、そんな苦労はへでもないわけよ」

と、今現在ブランドに走ってる人は言うでしょう。でも、本当にあなたは、それが好きなのですか? そして、それは本当にあなたに似合っているん? もしかして、泉ピン子化してたりしない?

私はこれを、「意識の制服」と呼んでいるのですが、日本人はそれを着せられていることが非常に多いと思うのです。日本は世界一進んだ社会主義国だと、誰ぞ偉い人が言ったそうですが、これほんと。

実際には資本主義で、自分で稼いで好きなものを買って好きなことをする「自由」が、国民のみんなにあるように見えてるけど、その根底に、「人並みでなければ人にあらず」みたいな、「意識の制服志向」がほとんどの人の中に、力強く根付いているのです。

そして不景気が一〇年以上も続いているいま、経済復興をはかるために、働き始めた女子供が、まさにそのターゲットになってるってわけ。

商売のために、本当は好きでもないものを好きにさせられている。それは広告によってであったり、雑誌の特集記事だったり、テレビの番組だったりするわけだけど、そうやって販売促進したため人気が出れば出るほどますます、「みんな持ってるんだから、私も持たなきゃ恥ずかしい」という意識が、波のように、ひたひた、ひたひた、日本全土を覆っていくんですなぁ。

いまやブランドものは日本において冠婚葬祭ものとおんなじ価値を持ち、「高くても、苦労しても買わなきゃならないもの」になってしまっている。洋服までとは行かなくても、ブランドバッグのひとつも持ってない日本人の若い女性なんて、いまどきいないくらいですよ、恐ろしいことに。

デパートの一階は軒並みブランド店に変わり、銀座に続いて青山・表参道にも、ブランド店が続々できている。海外旅行に行けばどこでもブランド店は日本人でごった返し、東京で街を普通に歩いていても、ブランド店の紙袋をいくつもぶら下げた若い娘たちが、当たり前のようにいる。

どこかおかしいと思いませんか？　自分の価値観を持ち得ないため「いいカモ」にされてるなんて、悲しすぎると思いませんか？

こんな状況からは今すぐ抜け出して、本当の幸せを探すため、さあ今日から歩み始めましょう！

「意識の制服」を脱ぎ捨てて！

19 何歳になっても、おしゃれを楽しむ「色気」を

かくいう私、若い頃はごたぶんにもれず、「ファッション・ヴィクティム」でした。洋服は、まー、買っても買ってもまだまだもっともっと欲しくて、一日中ブティックを回っていても飽きないほど。

それも、当時の私は美大生。八〇年代、東京デザイナーズブランドの走りで、変な格好《かっこう》ばっかりする私に、母は、

「まったく、若い娘はなんにもしなくたってきれいなんだから、ジーンズにTシャツでじゅうぶんなのよっ」

とイヤミをいいました。私は、

「ったくババアがよー、お金出したくないからって、んなこといっちゃって」

と、ココロの中で悪態をついていました。

その後、バブルの東京で、私はイケイケギャルへと変貌を遂げました。詳しくは自伝的小説『ぼぎちん バブル純愛物語』（集英社文庫）を読んでいただけると嬉しいのですが、とにかく一八も年上の、しかもお金の世界のオトコを愛してしまったがために、私は彼の好みに合わせて必要以上のダイエットをし、髪を伸ばし、コンサバないい女風の格好をし始めたのです。

あれから幾年月、おばはんは思います。若い頃の苦労は買ってでもしろと。まあ若いうちは、欲望にまかせておしゃれしまくったっていいわけですよ。トレンディなものって、若くないと似合わないし。だいたい、近年しみじみ感じるけど、トレンドものって年増には酷なのよ。そのデザインが似合わないだけじゃなく、寒いの、寒いのよー。

春先の、まだ日陰には雪なんか残ってるときに、同年代のファッション・エディターは無理して素足にミュールなんか履《は》いてるけど、彼女冷え性で婦人科系の病気持ち。私もいつぞや、ヒップハンガーのパンツをうっかり履いて下痢しちゃった。

年寄りは臍《へそ》から上までしっかりある深いボトムじゃないと、体壊《こわ》してしまうの見えちゃうのよー。さらに、下に履いたアクリルの可愛い毛糸パンツが、浅いボトムの上からよー。

「だから今はほれ、ヒップハンガー用の短い毛糸パンツも」

って、下着屋のお姉ちゃん言ってたけど、私を何歳だと思ってんの？　とにかく腹と腰を冷やしたら、致命的なのよ。

だから若いうちはまあ、おしゃれで薄着しても寒くないから、トレンドを思う存分楽しむべき。ファッションに夢中になるのも今のうちだけだし、いいと思う。高級ブランドなんか買わなくても、日本にはギャル向けの安くて可愛い洋服をいっぱい売ってる。いまや世界中の若い子が「東京に買い物行きたい！」っていうくらいなんだから。

それに、あのお洋服を格好よく着こなしたいから、とか、彼氏にもっと愛されたいから、とかで、ダイエットし過ぎても（体壊す前にやめれば）いいと思う。それで高い授業料払って、つらい思いもいやな思いも無駄もいっぱいすれば、自分にとって本当に必要なものと、そうでないものが見えてくる。体重も、自分がいちばん体調良くて、美容的にも悪くない最適体重が分かってくるし、洋服も本当に似合うもの、着ていて心地よいものが分かってくるはずだ。

これが分かるまで、私も痩《や》せすぎたり太りすぎたりしていたけど、分かってくると、こんなに心地よいことはない。バランスというものが取れてくるからネ。美味しいものもある程度楽しみ、適度にダイエットもし、適度におしゃれもする。女は何歳になっても、健康で、美しく、おしゃれでありたいもの。

だからといって、何歳になっても無理してダイエットして、きりきり舞いで若い娘とおんなじファッションで競争しているおばはんなんていただけない。年を取ったら取ったなりの「余裕」が感じられないと、たとえ表面的に美しくても、「美しい」とはいいがたくなってしまう。

「キレイだけど、雰囲気ヤバイよね、あのおばはん」

ってことになっちゃう。

逆にまったく楽々ムードだけの、「本物のおばはん」になってしまっても困りもの。やっぱりバランスが大事です。

私も家では着心地重視のジャージやフリースですが、出かけるときは寄せて上げるブラでおっぱいを作り、多少トレンドの要素が入った服に着替えます。流行はころころ変わるから気分転換にもなるし、見ている周りの人も楽しい気分にさせる。

　寂しい気持ちになってしまうのは、何年、いえ、何十年も前の洋服を着ている人を見たときです。時代がすっかり、そこで止まっているかのよう。いくらいいものでも、こ～れはいただけない。これでは「色気」ゼロです。

　そのシーズンに着倒して捨ててももったいなくないいくらいの値段のものを買い、楽しむ。それがファッション本来の価値であり、存在意義なのではないでしょうか。

大人の女のファッションは「余裕」が大切

20 心地いい日常着にお金をかける

お勤めをしている人は、いわゆる「お出かけの服」というのが「おしゃれ着」ということなのでしょうが、私のような居職《いじょく》の者や、専業主婦、子育てママなんかの「おしゃれ」は、どーなのでしょうか。

若かりし頃は、そういう人たちでも、やれ、おデートだの、高級レストランでのお食事だの、パーティだの、友達とのお出かけなどで、「おしゃれの機会」にも恵まれるもの。だから特別なときのためのドレスを買ったり、それを着る機会もまあ数回はあるわけです。

しかし三五を過ぎた頃からだったでしょうか。ロングドレスなど買っても、着る機会もなければ、もし機会があっても、冬場など袖なしのドレスなんか着られなくなってしまった。やはり洋服というのは西洋人のためのものなんだなぁと、しみじみ感じてしまいます。

知ってますか？　冷え性というのは、東洋人独特のものなんだって。よく、西洋人は冷たい海でも平気で泳いだりしてますが、ほんとに平気なんだって。

友達のオーストラリア人に聞いたんだけど、西洋人は寒さを感じるポイントが東洋人より少ないんだそうな。お酒も強いし、体力もあるから、ああやって、何歳になってもパーティ好きでいられるんでしょうな（ほんとにフランス人なんか、年寄りでも朝までパーティやってるもんね）。

そうやって日本人のおしゃれ、というものを考えたとき、着物はやっぱり理にかなってるのね。だって、ものによっては正式の場にも着て行けるおしゃれ着でありながら、何枚も重ねて、特に腰周りは帯でめちゃくちゃあったか〜。さらに極寒の真冬だったら、毛糸パンツやズボン下、袖から見えない丈ならババシャツまで重ね着することができるんだから！　私なんか、冬場は足袋《たび》も内側ネル敷《じ》きよ〜。

でもこれがまた、着物も前後の作業が超めんどくさく（半襟《はんえり》を付けたり、はずしたり、着物吊《つ》るしたり、畳《たた》んだり）、着るのに時間も体力も使い過ぎ。さらに、私なんかは母や友達やお茶の先生にもらうからいいけど、買うとしたら高すぎるでしょう。今じゃめんどくさくて、月一回のお茶のお稽古《けいこ》んときしか着ない。お茶のときは、「これもお稽古のうちだから」と思えるから着られるけど、ただ「おしゃれ」のためにだけ着物着て、お出かけするなんて、超かったる〜い！

と、いうわけで、じゃあ年増のおしゃれはどこにあるのでしょうか？　私の場合、着心地が良くて可愛いパジャマ、室内履き、木綿《もめん》の下着、アクリルの可愛い毛糸パンツ、毎日着るジャージ、軽くてあったかいアンゴラのカーディガンやカシミアのセーター、などにはお金をかけています。

ちょっと高めの値段がついていても、着る頻度を考えると安いもの。それでどれだけ心地の良い時間を過ごせるかと考えると、高くはないのです。さらにデザインが可愛かったら言うことなし。たとえ、外に着てったらちょっと恥ずかしいピンクの花模様でも、家で着るぶんにゃ文句言う奴ぁいねぇし（ダンナに口なし）、夜は乙女チックな気分満喫、これぞ「おしゃれの効用」というものです。

一時期、三〇代前半に、「大人の女の証明」として、ラ・ペルラの高級下着や、いわゆるセクシーランジェリーにこったことがありましたが、もうすっかりやめました。なにしろそんなものをつける機会もないし、ああいう下着ってつるつるしてエロティックなムードはあるけど、寒い！　それに着心地も意外と悪くて、特にレース使いのパンツなんか、履いてるうちにズレちゃって、「はみ出してる」ってことも。エロすんません、みたいな。

というわけで、とにかく着心地が良くて、寒くない、そして楽な格好がいちばん。年を取ると、健康がなによりも大切ですからな。ちなみに私の愛用してるのは、ヘインズの木綿のデカパン（外国のスーパーにて購入）、キッドブルーの木綿の半そでシャツ、AMO'S STYLEの可愛いアクリルの毛糸パンツ各種、キッドブルーのパジャマ（夏はタオル地、冬はネル）、フリースのオーバーソックス、スリッパ、スパッツ、ひざ掛け、などなど。

お出かけするときも、冬はスカートなら必ず分厚いタイツに靴下にブーツ、夏もサンダルなら冷房のかかったところ用に靴下とショールを忘れません。あと、軽くて柔らかい革製品も重宝。あったかくて、おしゃれ。そしてほとんどの場合は履きやすくて脱ぎやすい、ビュルケンシュトックのサンダルを履いています。たくさん歩けるし、トレンディ。長年はき込んでボロボロになって、ソールだけ変えても何故だかまだおしゃれに見えます。ちょっと高いけど、完全に元が取れる！

日常着にこだわるのが本物のオシャレ

21 「キレイ」は自力で作る

キレイになったり健康になったりするために、特別なことを、お金をかけてしてあげなければならないと思ってませんか？　私も以前はそうでした。『エステマニア』（幻冬舎文庫）という小説まで書いたほど、エステ依存だった時期もあるのです。

でも結局これは、「キレイになってもっと愛されたい、幸せになりたい」という女性の欲望に付け込んだ商売の餌食《えじき》になっていただけで、それでは幸せにはなれなかったのです。キレイになるためにダイエットフードやサプリメント、安直で極端なダイエット法やエステに嵌《は》まるのは、「他力本願」もいいところで、怠惰で弱い自分の証明なんですね。

それで一瞬、虚《うつ》ろなキレイさは手に入っても、輝くような「美」は手に入らないし、その人らしい魅力は出てこない。本来、女性はみんな、それぞれに美しいものなんですよ。その人がいちばんその人らしく、健康で、幸せに暮らせていれば。年齢を経たら経たなりに、美しく輝いているもの。

いちばんばかばかしいと思うのは、「美の黄金率」みたいなものに、すべての人を当てはめようとする、痩身《そうしん》エステのやり方です。みんながみんな、同じわけないじゃないですか。千差万別、その人がその人らしくいちばん元気で輝いていられる体重と体型が、美しい状態なのです。

体型だけでなく、たとえば日本ではやたらと流行っている「美白もの」ですが、これは「色白は七難隠す」という日本古来の美意識が脈々と受け継がれて出てきたブームです。肌の色が種々雑多な海外では、美白モノはあまりないのに、日本で売れるからって海外コスメメーカーがこぞって「日本仕様」の美白モノを作っている。

でも、そんなに「白く」なきゃいけないんでしょうか。「シミ」や「くすみ」があったらダメなんでしょうか。私にはそうとも思えません。そんなことで、女性の美はあまり左右されないんじゃないでしょうか。もちろん、自分と他人を比較ばかりしていて、小っさなことにこだわっている人にとっては、重要なのでしょうが。

私も以前は、そんな小っさなことにばかり翻弄《ほんろう》されていて、損してました。美白ものは新製品が出れば必ず試して、もう美容液から、朝用クリーム、夜用クリーム、タウン用日焼け止め、海山用日焼け止め、日焼け止めファンデーション、美白パック、美白洗顔料、ブラウンスポット用美容液、はては目の周り用、ボディ用ホワイトニングまで。

しかしどんなに「美白」しても、気にすればするほど、シミは増えていきます。特に海や山にいって自然と戯《たわむ》れていれば。私はある時期、そんなこと気にしちゃいらんなくなってきました。その楽しさ、素晴らしさに比べたら、シミなんて別にできてもいい。それを怖がって、顔にマスクを被《かぶ》ったみたいに、こってり色々塗りたくる不快さにも耐《た》え切れなくなってきた。

あたたかい太陽や風に、素肌をさらすあの心地よさを覚えたら、もう「美白」なんかしていられません。でもどうでしょう。美白大国日本では、オープンエア・カフェでそれを楽しむ人も少なければ、初夏の素晴らしい季節に、日傘をさして、手袋をして、ファンデーションをこってり塗って、サングラスをして歩いている女性が目につきます。

そういう女性と、「生きること」や「自然」、「自分のやりたいこと」を思う存分に楽しんで顔中シミだらけの人と、どっちがきれいでしょう。私は後者だと思います。その人自身が楽しく、生き生きと生活している、その命の輝きこそが「美」なのです。つまんないことにこだわって楽しんでいない人が、いくら「シミひとつない真っ白な顔」をしていても、それはきれいだとは思えません。

化粧品を色々と買い集めるのも、「他力本願」の骨頂《こっちょう》なのです。私は現在、特に「美白もの」は使っていません。でもそれで、以前よりシミが増えた、濃くなった、ということもないのです。それは多分、早寝早起きのライフスタイル、詳しくは後述しますが、ビタミンやミネラルたっぷりの食事と、ダンスやヨガをやっているせいだと思います。シミは疲れていたり、睡眠不足だったり、体調が悪いと濃くなるものなんですよ。

自力で自分の「いい状態」をキープすること。これが、その人らしい「キレイ」を作るのです。私は三五にしてこの結論に達し、以来すべてのダイエットフードやサプリメント、エステ通いから足を洗いました。

抜けてみて本当に心地よいです。なにしろお金もかかりませんし、その手のものを切れたら買いに行く手間も省ける。エステに予約して面倒な思いをしなければならないこともうないし、自分の生活が自分のところに、すべて戻ってきた気がします。

美白よりも自分らしい「キレイ」を探す

22 シンプルケアで脱コスメオタク！

きれいになって、もっと好きな人に愛されたい！　自分に自信を持ちたい！

そんな乙女心が女性たちをコスメティックへと走らせます。いまや日本は老若問わず総コスメオタク時代。ここ何年もコスメブームは続いていて、世界のブランドコスメが、日本向けの商品を開発するほど。日本はまさに、世界の高級コスメの一大消費国となったのです。

夕刻、食料品の買出しなどで渋谷のデパートに赴《おもむ》きますと、ルーズソックスをはいた女子高校生がシャネルの化粧品カウンターにたむろし、OL帰宅時間や土日など、どこの化粧品カウンターも混みこみで、切れた化粧水ひとつ買うのに二〇分も待たされたり……。みんなどこに、そんなお金があるのでしょうか！

なんつっておばはんになった私はうんざりし、ブランドコスメを買うのをやめて早数年。今は自然派化粧品店（ヴェレダやニールズヤードなど）の石鹸で二度洗いし、ローズウォーター等の化粧水と目元用オイルをつけて、保湿乳液を塗るだけ。自然派化粧品店はいつも大体すいてるし、品質が良くおしゃれで値段も良心的、買い物も楽しいです。

そのうえ玄米と無農薬野菜を食べ始めてからお肌の調子がすこぶるよく、以前はかぶれっぽくて化粧品を変えただけで目の周りなんか赤くなっちゃってたのに、今はなにを使ってもぜんぜん平気。逆に、

「美容液なに使ってるの？　エステはどこ？」

などと、人様から聞かれるようになってしまいました。

以前は超コンビネーションスキンで鼻の頭の毛穴拡張も気になり、厚化粧せずには出かけられなかったのですが、今はほとんど化粧しないで過ごしています。出かけるときは日差しを避けるためにお粉ぐらいははたくし、ドレスコードのある場所に赴くときはお化粧もしますけど、ほとんどすっぴん小僧なのです。

もー、楽ったらありゃしません！　一応、仕事柄写真を撮られることもあるのでそのときはファンデーションも塗りますが、固形ファンデをさーっと塗るくら

いで済みます。それも多くて一週間に二度くらいなので、クレンジングジェルなんかはかなり持ち、経済的なことこの上なし。それもこれも、玄米菜食と早寝早起き、ヨガとダンスのおかげです。

しかしかくいう私も、若かりし頃はコスメオタクでした。もっときれいになれる、もっと効果のあるコスメはないかと、デパートの化粧品カウンターを流していました。雑誌に新商品が紹介されているのを見れば、買いに走らずには気が済みません。そして、数ヵ月に一度全とっかえしたりして、残った化粧品は友達にあげるという、超無駄なことを繰り返していたのです。

そして三十路《みそじ》を過ぎ、ますますお肌の老化や大人のニキビ、シミやタルミが気になり、目的別高級美容液がどんどこ増えて行ったのです。まー、ほんと、スキンケアはますます煩雑《はんざつ》になるばかりで、「あーも、忙しいったらありゃしない」状態になってしまった。なにしろ、トシを取ると仕事も増え、体も角質化してケアすべきことが増えるから、もうそれだけでいっぱいいっぱいになってしまっていたのでした。

すると、疲れてなにもかもいやんなっちゃって、私はよくエステに駆け込んでいました。

「あーも、お任せしますから、全部やって」

みたいな。

しかし何年かすると、今度はそのサロンとの付き合いや人間関係が煩《わずら》わしくなってくる。疲れてる体を引きずって時間通りにサロンに赴き、仕事でもないのに「遅れちゃなんねーだ」とストレスを感じ、しかも人気のサロンは行きたいときに予約が取れないのが実情。二週間後にやっと予約が取れても、今度は自分の予定が入って行けなかったり。

とうとう私は、エステティックサロンに行くのもやめてしまったのでした。でも、美容状態はかえって前よりいいくらいだから不思議です！　きっと、基本だけを守ってあとはある程度ほったらかしにしておくことで、お肌が本来持っている「自然治癒力」を取り戻したのでしょう。

今、私は思います。「お肌にやり過ぎは禁物」なのだと。若い肌は、それだけで栄養じゅうぶん、水分も油分もたっぷりなのですから、余計なことをするとますます状態は悪くなるばかりなのです。さらに、三〇代女性も、かつての三〇代より肌年齢はずっと若いと考えていい。年齢化粧品は、もっとトシ行ってからでいいでしょう。乾燥が気になるなら、部屋の加湿に気をつけたほうがいい。お肌の老化に対する女性の不安に付け込んだ、化粧品会社の戦略に負けないで！

過度なスキンケアは、お肌を疲れさせるだけ

23 毎朝のヨガで、からだの中からキレイに

私はこれまで、さまざまな美容健康法にトライして来ましたが、最終回答として、みなさまの美と健康のために、毎朝、起き抜けにヨガすることをおすすめしたいのです。

これは私がやってみて、本当に合理的かつ効果のある美容健康法だからです。スポーツジムや教室など、どこかへ通うこともなく、パジャマのままできて、特別なダイエットをすることもなく、こんなに痩せて体の調子も良くなることって、ほかにない。ほんとにないんです!

それも市販されているエクササイズビデオでやりますから、好きな時間に好きなだけできる。昨日は時間がなくて一〇分、今日はたっぷり四〇分、そういうこともできるのです。

なぜ朝か、というと、ヨガはたんなる体操ではなく、体をねじったり、反《そ》らしたりしながら内臓のマッサージもしてしまう健康法ですから、空腹時、食べてから最低でも二、三時間たってからでないとできないからです。起きている時間帯にそれだけ食べてないと、小腹が空いてヨガをやっているうちにおなかはきゅるきゅる鳴ってしまいます。ヨガが終わったあとの過食を避けるためにも、夕方や夜は避けたほうがいいのです。朝は八時間以上も食べてないおなかカラッポの状態でも、まだ半分眠っているので、それほど空腹感を感じませんからね。

そして、ヨガは毎日やったほうがいいのです。最低でも、週に二、三回。なぜなら、かつて私は週一でヨガ道場に通っていたのですが、これではなんの効果もなかったからです。ヨガの素晴らしさは、自分で毎朝やるようになってから、初めて知りました。

ヨガはエアロビやほかのスポーツと違って、体の深部の筋肉を鍛えますから、細くしなやかな体になる。これは女性にとって、すごくありがたいことだと思いませんか？　そして、特におなかと、お尻、腰周りの贅肉《ぜいにく》が取れる。それも、見る見るうちに取れるのです。

つらい美容体操や、食べたいものを我慢するダイエットなくして、ただヨガを毎日やるだけで、理想の体型に近づける。しかも、ヨガは深い腹式呼吸と合わせてやりますので、内臓を丈夫にし、精神的にも落ち着いた毎日が送れるようになるのです。呼吸が浅く、ハイパーテンションですぐパニクっちゃう人なんかには、特におすすめ。

ヨガは普通の体操と違って、流れと意味があり、ひとつひとつを細く長い呼吸とともにゆっくりゆっくりしますから、体の故障を起こすこともありません。最初は、体が硬くてこんなポーズできるわけない、と思っても、毎日少しずつ自分のペースでやっていけば、一年後には楽々ポーズが決められるようになります。私がそうでした。

そうなると、気持ち良さが増すのです。今、世界中でヨガが流行っているのは、マドンナ効果だけではありません。この気持ち良さと、驚くべき健康的美容的効果に、みなが注目しているのです。

日本では、「ヨガなんておばさんか、健康オタクの人のためのもの」という印象がありますが、世界ではみんなのものなんですよ。どんな人でもヨガにトライする時代で、特に進んでるエリアの進んでる人たちの間では、今まさにブーム。

私はニューヨーク、マウイ、オーストラリアのバイロンベイと、ヨガ道場に行ってみましたが、どこもおしゃれで、生徒さんもスタイリッシュで知的な女性や、ヒップな若者ばかりなのです。先生も若く美しい人ばかりで、ショップには可愛いウェアやヨガグッズがたくさん売られています。

なんかヨガっていうと、辛気臭《しんきくさ》いとか宗教臭いって印象がみなさんおありだと思いますが、もうその時代は終わりました。もう今は、ヨガをするのは最高にヒップなこと！　そしてヨガをするときれいになるだけじゃなく、体の免疫力が高まり、風邪も引きにくくなるし、かかっても治りやすくなると、いいこと尽くしなのです。

初心者におすすめのビデオは、NHKソフトウェアから出ている、番場一雄《ばんばかずお》先生の『健康になるヨーガ』。これは本当にわかりやすく呼吸法と簡単なヨガのポーズを教えてくれています。私もまずこれで始め、一年ほどやってから、徐々に中級者クラスのビデオに変えていきました。

外国のヨガのビデオやCDはとっても垢《あか》抜けてて雰囲気があり、かっこいいものが多いです。その「お素敵な気分」に浸るためにも、「基本」は大切。難しいヨガのポーズにも、番場先生の基本がすべてベースにあるので、最初はちょっとダサくても（笑）、『健康になるヨーガ』のマスターは必須です。

一年やるうちに心身ともに鍛えられ、どんなポーズにも耐えられるようになります。さあ、今日から始めてください。

今、ヨガを始めるのは最高にヒップなこと！

24 女性美を高める ベリーダンスを踊ってみる

私がベリーダンスを習い始めてから六、七年になりますが、ほんとに女らしい、ナイスバディになったとみんなに言われます。それまで、散々なにをやってもちっともキレイにならなかった私が、です。

ベリーダンスにはそういう魔力があると思うのです。エアロビや、シンディ・クロフォードのエクササイズビデオなどでは養われない、体の芯から輝くような「女性美」が作られる。特に腰周りは、コルセットのようにぐるりと筋肉がついて、素晴らしいウェストラインができあがるのですよ。腰痛の人にも天然コルセットになるのでおすすめ。

足もむくみが取れて細くなります。肩こりも取れます。そしてなんと、「鬱《うつ》」も取れる！　ベリーダンスはほんとに健康と美容にいいんです。私がベリーダンスを始めたのも、そもそも健康のためでした。座りっぱなしで何時間も書き続けるという仕事柄、ベリーダンスを始めるまで、全身ゴチゴチで気分は憂鬱、足はむくんで太くなる一方だったのです。

そんなとき、当時仲の良かったボディワーカーにすすめられて、ベリーダンスを始めました。

「ベリーダンスは腰を中心に動かしてゆくから、座りっぱなしでこったお尻もほぐれるし、腰もゆるんで全身の循環が良くなるから、鬱も取れるよ」

と言われ。なんでも、人間の体は八の字につながっているから、腰やお尻が座りっぱなしなどの生活習慣で固まると、頭にも「鬱」が入っちゃうんだそうな。

「ベリーダンスはフィーメイル・エナジー（女性エネルギー）を高めるから、婦人科系の病気や、不妊にも効果があるかもよ」

あれもこれも問題ありの私だったので、とうとう恥ずかしさを乗り越え、重い腰を上げて、習うに至ったのです。なんだかもはやオッサン臭《くさ》くなっちゃってた私がベリーダンスを踊るなんて、ほんとに最初はいやだったのですが。

習い始めてびっくり！　ものすごく楽しくて、「鬱」なんかどっか行っちゃった。お稽古の帰りはまるでティーンエイジャーになったような気分で原宿をぶらつき、一緒に習ってる友達とお喋りに花が。そして踊れば踊るほど元気になっちゃって、「モー、とまんない、誰か止めてー！」という状態になった私でした。

そのココロは、私のベリーダンスの先生いわく、

「ベリーダンスは、体の中心から円を描くようにエネルギーが湧《わ》いてくるのを、ムーブメントに取り入れた太古の踊りなの。だから踊っても踊っても疲れないのね。特に女性の体の中心は子宮でしょ。そこは生命の源だもの」

ということで、踊るとマジでそこから、「フィーメイル・エナジー」が湧き出てくるような気がするのです。これに、ベリーダンスの魔力があるような気が、私はします。

体型だけでなく、不思議なことにお肌もきれいになるんです。ベリーダンサーはほとんど年齢不詳なほど美肌なのが、それを証明しています。私も老いてますますお肌の調子すこぶる良く、どうもこの踊りによって湧き出てくるモノが、天然の美容液になっているとしか思えません。

ベリーダンスはストレッチと、全身を円や八の字に回して行く動きが基本です

ので、体は柔軟になり、全身がほぐれます。不自然な動きや無理な動きはないので、何歳からでも始められ、死ぬまでできます。ベリーダンスというと中近東の、セクシーな若い女のエロティックな踊り、という間違った印象がみなさんおありだと思いますが、実は違うんです。

ベリーダンスの心は「ジョイ・オブ・ライフ」。この世に生まれ生きてることを喜び、「大地の母」なる地球に捧げる、女性のための踊りなのです。女性であることを楽しみ、また女性に生まれたことを喜ぶ。私たち本来の自然に持つ女性美や女性性、その命の素晴らしさを称え、また新しい命を育み未来を創造していく。女性なら、誰でもその素晴らしさを味わえる、原始的な踊りなんです。

私はこれで、忘れきっていた女性性を取り戻しました。いやほんと、素晴らしいですよベリーダンスは。体調も気分も良くなり、背筋も鍛えられて姿勢は正しくなるし、美しい所作も身に付く。みなさんも今日から始めてください。

お近くにベリーダンス教室がない方は、おすすめの初心者用ビデオがあります。ハリウッドで有名な双子のベリーダンサー、ニーナ・アンド・ヴィーナの『ベリーダンス　フィットネス・フォー・ビギナーズ』のベーシックムーブ編。

ホームページ www.naturaljourneys.com で購入可。これで今日から女性美をゲット！

ベリーダンスで天然美容液を作り出す

横森さんのベリーダンスの先生、ミッシャールさんのホームページは
www.hpo.net/users/mishaal/contents.html
ベリーダンス教室の案内も掲載されています。

25
〝地味めし〟で健康美を取り戻す

いや、まっこと、人間は日々口に入れたものでできているんです。植物と違って、光合成できるわけでもないですしね。だからなるべく添加物や合成保存料を使ってない、ピュアでオーガニックなものを食べてください。

若いうちはまだ元気なので、いい加減な食生活や、サプリメントだけに頼った健康美容法でもまだ大丈夫なのですが、三十路を過ぎたらもう、食べ物に気をつけなかったら健康も「キレイ」も保てないのです。サプリメントはあくまでもサプリメント。基本は日々の食生活なのですよ。

手前味噌でなんですが、拙著『地味めしダイエット』（光文社　知恵の森文庫）は、私の体験を基にしたレシピ付食生活改善ブックです。難しい理屈は抜きにして、ただこの通りに実行すれば誰でもきれいに健康になれる、「いつまでも若く美しくいたい」女性にぜひおすすめしたい一冊。

　実際に実践して、半年間で一二キロ痩せた読者がいるんです。産後なにをやっても元に戻らなかった体重がみるみる落ちて、私もかつて自宅にてやっていた「地味めしクッキングセミナー」でお会いしましたが、「独身ですか？」と聞きたくなるくらい。小学校二年生の子供がいるようにはとても見えませんでした。

　そのほか、私のセミナーに来るようになってみるみるきれいになったやはり主婦の方も、私自身も、とてもこの年の女には見えないとよくいわれます。一回り年下の子に、

「あ、じゃ、同じ干支《えと》だね」

なんて言うと、みな目を白黒させるのです。

　それもそのはず、この本は、まさにお医者さんの薦める「若返り健康法」と、ほぼおんなじだからです。これは本を出してから知ったのですが、私の馴染《なじ》みの鍼灸師《しんきゅうし》が、「若返り健康法」のドクターに話を聞きに行ったところ、

「いやー、まったく横森さんの『地味めしダイエット』とおんなじ食生活を提案してるんで、びっくりしました」

とのこと。やったー！

さらに私が自信持っちゃうのは、この本が文庫版で、値段的にも買いやすく、女性の手に持ちやすく、ポケットにも入り、キッチンにも置けて、可愛い食材やお料理の写真がいっぱい載ってて、楽しく実践できるようになってること。

オーガニックな食材を選び、玄米菜食をベースに、でもフレキシブルに美味しく楽しく食べていく『地味めしダイエット』は、何歳の人でも、どんな人でも、おすすめしたい「生涯ダイエット」の本なのです。

女性の美と健康を考えたとき、食生活の改善は必須。でも、俗世に生きている私たちゆえ、あまりストイックになりすぎても続かない。ずーっと死ぬまで楽しく、美味しく食べ、きれいで元気に生きるには、ある程度のいい加減さと反則、そして最低限のルールが必要なのです。

私もここにたどり着くまで、数々の極端なダイエットにトライし、失敗してきました。今でも新手のダイエット法が次々と出てきて人気を博し、巷《ちまた》はダイエットフードやサプリメントでにぎわっています。でもそれは、大人の女は決して手を出してはいけない、安直《あんちょく》で危険な方法なのです。

もちろん若い頃は無茶をやっても、それに打ち勝つだけの体力も、無理なダイエットで失った「美」を取り戻す力もあります。でも、年取った女にはご法度《はっと》なのです。急激に痩せて弛《ゆる》んだ顔、食べないダイエットで元気を失った虚ろさは、年増になると見るも無残。

痩せてきれいになるどころか、寂しいオバサン風に成り下がり、決定的に体を壊してしまうことだってあるんです。無理なダイエットをして急激に痩せ、また過食に走ってリバウンドで太る。これを繰り返すと、成人病にかかりやすい体になるとも言われています。

人間は、年を取れば取るほど、日々健康的で美味しい食事を取り、体調も気分も美容状態も良くないと、幸せではいられないんですよ。若い頃みたいに、痩せて、お洋服が似合うようになって男の子にモテればそれでいいや、というわけには行かないんです。

「でも、太らないものって、まずいもんばっかりじゃん」

と、太っている人は思うでしょう。でも違うのです。時間をかけて「美味しい」と感じるものを変えていく。これが『地味めしダイエット』の極意《ごくい》なのです。

ホント『地味めし』を続けて一年もすると、無性に「食べたい！」と思うものが野菜とか納豆ごはん、新鮮なフルーツになってしまうのですよ。外食が続いたりするとそりゃあもう……。

だまされたと思ってやってみそ。

美味しく痩せられる地味めしで、〝生涯ダイエット〟

26 美と健康の源《みなもと》、お豆を食べよう

ここで〝地味めしダイエット〟の簡単レシピを、いくつかご紹介しましょう。

健康で美しく長生きするには、乳製品や動物性たんぱく質を減らして豆製品をよく食べること。日本には美味しいお豆腐や湯葉、納豆、油揚げ（菜種油であげてあるものにしてください）、などなどがあるからとってもラッキー。

でも、現代人は和風だけじゃ飽きちゃうから、いろんなお豆で世界の豆料理を楽しんじゃおう。とはいってもお豆は水に浸しておいてさらに茹でたりしないといけなかったりして、けっこう億劫《おっくう》なもの。そこで！　忙しい人にうってつけの美味しい豆缶をご紹介。

無塩、無糖、水無しパック、缶のまま蒸した杉野フーズの「ポクポク蒸《ふ》かし豆」がそれ。これは豆の水煮パックと違ってとっても美味しいので、グルメなあなたもご満足。しかもぱこっと缶を開けてそのまま使えます。大福豆、大正金時豆、鶴の子大豆、黒豆、小豆があり、いちばん簡単な豆サラダは次のレシピ。

◆バルサミコ酢の豆サラダ

大正金時豆と大福豆を、みじん切りしたたまねぎ（水にしばらくさらし、水を切る）と、ニンニクひとかけをおろしたもの、バルサミコ酢、醤油、海塩、黒コショウ、エクストラ・ヴァージンオリーブオイルで和《あ》える。

これはタッパウェアに入れて冷蔵庫に置ける常備菜。ほかの野菜と混ぜても（蒸したジャガイモや、茹でたブロッコリーや菜の花など）美味しいし、パンやワインにも合う。

そのほか「サラダクラブ　サラダビーンズ」なんて便利な豆缶も売られています。レッドキドニー、ヒヨコマメ、上記二種類とマローファットピーズのミックスとあり、量も少なめで一人暮らしにグッド。サラダやスープ、なんにでも手軽に使えます。

✦ほうれん草とヒヨコマメのサラダ

無農薬のほうれん草を洗って五センチくらいに切って、せいろに入れて一瞬蒸す（お皿に並べラップをかけて電子レンジでチンでもＯＫ）。ヒヨコマメ一缶、蒸したほうれん草、海塩、黒コショウ、エクストラヴァージンオリーブオイル、ニンニク醤油少々で混ぜ合わせる。これは雑穀入りのパンに相性ばっちぐー！

そうやって豆の美味しさ、楽しさを覚えたところで、女性の体にとってもいい緑豆のスープでも作ってみましょう。これはアーユルヴェーダの婦人科医に教わりました。

✦緑豆のポタージュ

緑豆を六時間以上水につけておく。鍋いっぱいの水で茹でる。あくは取る。どんどん水が少なくなって豆がやわらかくなってきたら、無添加チキンスープの素と、海塩、ブラックペッパーを入れ、お玉でかきまぜる。ポタージュ状になったら器によそい、八分の一に切ったレモンを絞り、エクストラヴァージン・オリーブオイルをたらしていただきます。おいっすい～。

デザートにもお豆は使えます。「ポクポク豆」の黒豆や小豆を黒蜜やメイプルシロップに漬け込んで、そのままデザートにしてもいいけど、小豆を買ってきて炊飯器を使った簡単豆料理にトライ！

小豆はほかの豆と違って何時間も水につけないでも料理できるし、しかも小豆は、むくみがちな女性たちにうってつけの「ムクミ取り効果」抜群。

◆小豆の薄甘汁粉《しるこ》

小さめの小豆、一合を洗って炊飯器に入れる。四合ぶんのミネラルウォーターを入れてスイッチオン。炊《た》けたら三温糖大さじ五杯くらい入れ、かき混ぜる。できたてを飲んでもいいけど、これをこのまま「保温」にしておくと、いつでもあったかい薄甘汁粉が飲め、だんだんとろっとろになって美味しさが増します。

飲み始めるとおしっこがいっぱい出て、ムクミも取れてすっきり！　小豆にはビタミンBが含まれているから、月経前緊張症にも効果あり。生理前はちょうど甘いものも食べたくなるし、ぴったりです。

グルメ豆缶料理は女性の体の優良食

27 女性の体にいいドライフルーツを食べよう

ドライクランベリーを食べましょう。アメリカで「これは健康にいい！」とその効果が話題になり、ここ数年日本でもそこここで売られるようになりました。特に女性にはお助けドライフルーツです。膀胱《ぼうこう》や子宮をきれいにしてくれるので、膀胱炎になりやすい人や婦人科系の病気を持つ人の可愛くて頼もしい「お友達」。

食べ方は簡単。そのままおやつ代わりに食べてもいいし（中国茶に合う）、朝ごはんのシリアルにトッピングしてもグッド。洋酒のおつまみにも意外と合いますし、お酢一カップに五〇グラムのドライクランベリーを六時間以上漬け込んで、オリーブオイル、海塩、ペッパー類などでクランベリードレッシングにするとお素敵！

ふっくらまあるくふくらんだクランベリーがきれいで、ドレッシング自体もピンク色に。蒸し野菜にも生野菜にもフルーティなお味を添え、おしゃれ感覚のサラダになります。

そして次は、ドライフルーツドリンクを飲もう！ これはインド五千年の健康法、アーユルヴェーダのドクターに教わった「特に女性の体にいい」ドリンク。しかも美味しいから、疲れたときや貧血気味の人、生理中の人や妊婦さん、ド健康な人でも日々の健康作りにぜひ飲んでちょー。

作り方は簡単。干しぶどう一〇粒（おなか弱い人は五粒）、デイツ（干しナツメヤシ）二つ、干し黒イチジク一個を細かく刻む。それをカップに入れ、本当は一晩ひたひたの水につけてふやかすんだけど、めんどくさい人は水を入れ三〇秒ほどレンジでチンしてふやかし、牛乳か豆乳を足し一分ほどチンし、スプーンで混ぜながら飲み、具も食べる。

私はこの種類のドライフルーツをたくさん刻んでタッパウェアに入れておき、目分量で一回分ずつ使っています。いちいち刻むのがめんどくさい人にはおすすめ。

自然の甘さとミルキーな美味しさで身も心もあたたまる、朝や小腹が空いたときにうってつけ!

〝婦人科系〟が気になったらドライフルーツ

28 基本食材にはお金をかける

健康のため、そして日々美味しいものを食べて幸せを実感するため、水、油、塩の基本食材にはお金をかけましょう。たかが食材です。最高にいいものを買ったって、洋服やバッグ、化粧品に比べたら、吹けば飛ぶようなものでしょう。

まず、お水はミネラルウォーターを。私は飲み水やお茶にはミネラルウォーターを、お料理には浄水器のお水を使っています。どのミネラルウォーターを飲むかはそれぞれの好みですが、私はボルヴィックをダース買いして、配達してもらっています。

美味しい水に慣れてしまうと、心無い飲食店で出される水道水が、カルキ臭くて飲めなくなるでしょう。それだけ、水道水には、美味しくないだけでなく体に悪いケミカルな物が入っているということです。お米を炊いたり、汁物を作ったり、味の薄い、素材に近い料理の美味しさを楽しむためには、このカルキ臭さを除去せねばなりません。

美味しい料理はまずお水から。私は浄水器を取り付けていますが、キッチンの水道に浄水器をつけるのが面倒なら、ブリタのカートリッジ式浄水器で美味しいお水を作りましょう。

油はなんといってもエクストラヴァージンオリーブオイルがいちばん。前述のワイル博士によると、これ以外の油はほとんど体に悪いそう。手絞り、一番絞りの菜種油があればそれでもいいそうですが、なかなか見つからないし、エクストラヴァージンオリーブオイルなら、日本はイタリア料理流行りなので、いいものが簡単に手に入ります。

別章でも触れましたが、いいオリーブオイルの美味しさを覚えたら、そんじょそこらのイタリアンレストランより、おうちのサラダやパスタのほうが美味しくなりますよ。それから、日本人は炒め物やなんかゴマ油風味のものがたまに食べたくなるものですから、いいゴマ油も用意しておきましょう。私のお気に入りは、九鬼の太白胡麻油です。これはなんに使っても癖のない、さっぱりした、かなり美味しいゴマ油です。

塩は、天然の海塩を使ってください。塩ひとつで、料理の味が全く変わってしまいます。天然の海塩はミネラルたっぷり、体にいいだけでなく、それ自体が美味しい調味料でもあるのです。今は健康・グルメブームで、いろんな海の塩が手に入るようになりました。料理に使ったり、お風呂に入れたりして楽しみましょう。

水、油、塩こそブランドにこだわる

29 カレーを作りながらインド音楽を聴く

これは、たま〜にやると超ハマる「大人の愉しみ」のひとつです。お気に入りのインド音楽を聴きながら（おすすめのCDは「スピリット・オブ・インディア」）、スパイスのブレンドから始めるのです。音楽とスパイスのエキゾチックなムードがあなたを居ながらにして異国へといざないます。

スパイスのブレンドは色鮮やかで美しく、どこか薬剤の調合にも似た、怪《あや》しい雰囲気も味わえます。そして好みに合わせて、いくらでも自分流のフレイバーに変えられるのです。若い頃は市販のルーで作るカレーでも美味しいと感じたし、油っぽくて胃にもたれるなんてこともなかったけど、それができなくなった頃、私はこれを覚えました。

数年前アリゾナのセドナに行ったとき、泊まったヒーリングセンターの主、東洋医学の治療家でもあるジョンポール・ウェイバー著『ヒーリング・ベジタリアン』（地湧社）に載っていたレシピを、私流にアレンジしました。

◆材料

ジャガイモ五個、ニンジン一本、タマネギ一個、ショウガ適宜、ニンニクひとかけ、ズッキーニや赤ピーマンなど彩りを添える野菜、ホールトマトの缶詰、ヒヨコマメの缶詰、エクストラヴァージン・オリーブオイル適宜、シャンツァイ（コリアンダー、香菜）、レモン、サフラン、米。

スパイス／ターメリックまたはカレー粉小さじ二分の一、クミン（粉）小さじ一と二分の一、コリアンダー（粉）小さじ三、パプリカ小さじ四分の一、クミン（粒）小さじ一

◆作り方

まずサフランを数本、水につけておく。お米を研《と》いで、黄色くなったサフラン水を入れ、お米の合数に合わせて水を足し炊飯器にかける。

お鍋にオリーブオイルを熱し、みじん切りしたショウガとニンニクをキツネ色になるまで炒める。そこにスパイス全部を入れ、よくかき混ぜながら、香りが出るまで熱する。そこにシャンツァイのみじん切りとタマネギの千切りを入れてさらに炒める。

タマネギがくたっとなったら、適当に切ったホールトマトを入れる。ある程度汁気が飛ぶまで炒める。

ええ感じになってきたら、皮を剝《む》いてさいの目に切ったジャガイモとニンジンを入れ、さらに炒める。最後にズッキーニや赤ピーマンを入れ、火が通ったら、ヒヨコマメを入れ全部がひたひたになるくらいの水と、無添加チキンスープの素を加える。灰汁《あく》を取りながら、ことこと煮込む。

材料が全部やわらかくなって、全体にとろみがついてきたら、海塩か岩塩（味を見ながら好きなだけ）、辛いのが好きな人は鷹の爪の輪切り、隠し味にニンニク醬油やバルサミコヴィネガーなど少々入れ、よくかき混ぜる。炊き上がったレモンイエローのサフランライスにかけて召し上がれ！　レモンをちょこっと絞っても美味しい！

ちょっと前はインドカレーが食べたくなったら原宿のお気に入りインド・レストラン「デヴィ」に行っていたのですが、色々食べ過ぎて翌日おなかをこわすようになってしまい、カレーもうちで作ることにした今日この頃。しかもこれはほとんどヴェジタリアンなので、体にも心にも優しい。メディテーション効果もアリ、のカレーなのです。

スパイスをそろえるのがかったるい、という向きには、カレー用スパイスが全部入った一回用パック「カレー・ブック」なんてのも売っています。まずこれでトライするのもいいかも。うちのダンナも一時凝《こ》ってましたわ。あんまり美味しくないけど〜。

ところで、カレーを煮込んでる間に私はとっておきの一人遊びをしています。ちょうどインド音楽をかけてるし、たまにカレーの様子も見なきゃなんないので、お風呂に入ったりはできないわけです。そこで、インド舞踊。

「ええー、インド舞踊なんて習ったことないしぃ」

なんて言わないで。私だってありません。でも、誰でもテレビで見たことくらいはあるでしょう。ほらあの、目をぎょろぎょろさせたり首を動かしたり、腰は低め、手や足を怪しく動かして、音楽に合わせて踊るやつ。こ〜れをスパイシーな香りの中で踊ると、もう雰囲気たっぷり。食事の前のウォームアップにもなります（食事の前の軽い運動で消化もよくなるんですよ）。

恥ずかしいなんて思わないで。どーせ誰も見てないんですから、すっかりその気になって踊りましょう。厚化粧をして、美しいサリーを着ている気分でね。うまく踊るには、音楽を心から聞くことです。ダンスは楽しいし、気持ちのいいものです。インド音楽にはリラックス効果もあり、なぜか神聖な気分にもしてくれます。

ポイントは、カレーが美味しくなるように祈りを捧げながら踊る（笑）。そうすると身も心もすっきり。カレーがますます美味しくいただけます。

カレーを煮込む間にインド舞踊も楽しんで！

30 キレイになるインテリアに囲まれて暮らす

私の『横森式シンプル・シック』（文春文庫PLUS）というインテリアの本があるのですが、これは本当に思うところあって書いたのです。人間の幸せ感は五感すべてが左右し、自分のいる環境がコンフォータブルでかつ美しく楽しくないと、意気消沈し健康までも害することが分かったからです。

もちろん、運動や精神的修行、日々の健康的な食生活で「どんな状況でも平気」という、たくましい心と体を作ることも大切ですが、なにせ戦争を知らない私たちですから、やわにできています。気に入らないことがあると、すぐ気持ちがダウンするんですよ。

特に「目に映《うつ》るもの」の力は、浅いけど強い！　これが、私たちが自分の美《び》醜《しゅう》、人の美醜に振り回されてしまう理由でもあるんですね。インテリアも同じで、気に入らないものに囲まれて暮らしていると、朝から晩までそれらが目に飛び込んでくるわけです。

私は今のマンションに越すまで何年間か母の家に住んでいて、そのムゴさ、押し寄せる悪趣味な物たちによって、人が静かに殺されていくような体験をしたわけです。勤め人だったらまだ良かったのでしょうが、私は家で仕事をしているため、ほとんど一日家から出ません。

それで、一念発起《いちねんほっき》して中古マンションを購入、自分の好きなように内装を変え、今のコンフォータブルな生活を作った次第なのです。まず人が伸び伸び暮らせる空間を作るには、いらない物の処分から始めなければなりません。だからこの本は、『地味めしダイエット』のライフスタイル編ともいうべきものになりました。体のダイエットと同時に、心のダイエット、生活のダイエットもしていかないと、身も心もすっきりキレイには生きられないからです。

家のことはほったらかしといて、くつろぎたかったらどこかきれいなお店やヒーリングスペースに行くとか、キレイになりたかったらエステに行く、というのでは本当の「キレイ」は手に入らないんですね。それでは家族をほったらかして、ホステスさんのいる店や、性風俗に行くオヤジと変わりません。働く女性はお金があるから、ついついそうなりがちなのですが、それでは美しくない。

私は、女性は日々の暮らしの中で、その美が育まれるものだと思います。食事でも環境でも、本当に質のいいものは、お金では買えないんですよ。自分が心から美味しいと思え、食べると心身ともにスッキリするような料理を作れるようになること、そして「やっぱり我が家がいちばん」と思えるような場所に、自分の家なり部屋を整えること。幸せになるにはこれが必要です。

女性は、幸せでないと本当にはキレイではいられないんですよ。たとえば、バリバリ働いて、人も羨《うらや》むようなトレンディな衣装に身を包み、最新のヘアメイクで、を背水の陣で施し、体には贅肉ひとつなく、スケジュールをいっぱい詰め込んで、時間を縫ってエステに行き、またそのあといくつもアポイントがあるような女性から、「キレイな雰囲気」が伝わってきますか？　その人に、「見ている人を幸せにするようないいムード」がありますか？

ないでしょう。たぶん偉そうで人を威嚇《いかく》するような、「ヤな感じ」がすると思います。なぜならこういう人には、心がないからです。形だけは完璧に踏襲《とうしゅう》でき、厳しい競争社会に打ち勝って来たんでしょうけど、方法論だけで物事を考えるから、学習実践能力はあっても真心がない。だからカタチはきれいでも、心寂しいムードが漂ってしまうんですよ。

みなさん、「美人」とはどういう人のことだと思いますか？　私は心がきれいな人のことだと思います。心がきれいな人は、姿もきれいです。もし、形が不細工でも、キレイに見えてしまう。それで、この本では「心を磨く」術をたくさんたくさん披露しました。そして「住まい」は、住む人の鏡なんですよ。

部屋をその人なりに美しく飾り、日々お掃除をちゃんとすることは、自分を飾り、毎日身繕《みづくろ》いをちゃんとするのと同じ。すると自分も幸せになり、そこに来た人たちまでも、幸せにできるんです。きれいで楽しくて、居心地のいい部屋は、あなたのパラダイス。そこに大切な人も招いてください。

特にバスルームは女性の「美」を作る大切な場所。私は「美と健康のシンボル」として、マーメイドのタイルを貼り、ビーチで拾ってきたきれいな貝殻や、美しいバスオイルのボトルで飾っています。どんなに仕事が忙しくても、「乾いて候《そうろう》」って生活をしていても、ここでゆったりお湯につかり、いい香りのバスバブルに包まれれば、「女を取り戻せる」。そんな空間に、ぜひみなさんも演出してくださいね。

バスルームは女性の「美」を作る大切な場所

31 空気清浄器をお部屋に取り入れよう

今まで書いてきたように、いつまでも若く、健康で、キレイでいるには、正しい食生活とライフスタイル、そして環境を整えることも大切です。もはや常識となりましたが、空気の悪い都会に住んでいる人は、部屋の空気にも気を使うべきなのです。

私は朝いちばんの空気がいいときにすべての窓を開け放し、お掃除をして空気を入れ替えます。各部屋には空気清浄器を置いています。特に長時間いる部屋には、特大、二十畳用の空気清浄器を設置し、暖房をするときはイオンミストも常時つけてあります。加湿にプラス、リラックスできるイオンの効果。

ダンナがタバコを吸いますので、キッチンには喫煙用空気清浄器もあります。車の中にも「車内用空気清浄器」(注／現在は吸っていません。娘の誕生と同時に禁煙に成功！）。都市生活者に多いマンション暮らしは、気密性が高いだけに冬など暖かくていいのですが、空気の入れ替えをうまくやらないと、その空気を吸って生活している私たちの、健康や美容に影響してしまいます。新しいマンションでは閉めっきりでも自動的に空気が入れ替えられるシステムがついていたりするそうですが、そうでないマンションは自分で気をつけるしかありません。

私は閉め切った冬場はたびたび窓を開けて空気を入れ替えることと、バスルームの換気扇などはたいていつけっぱなしにしておくことを心がけています。暖房をして空気が乾燥するので、加湿器も二台備えています。春になって暖房器と加湿器をしまう時期になると、替わりに除湿器を設置し、梅雨時、夏場に備えます。

高温多湿の日本では、じめじめしているから「気温よりも暑く感じる」ことが多く、それが冷えの原因ともされています。女性にとって「冷え」は大敵。夏は冬場と違ってお肌が潤《うるお》うのはいいのですが、実は体が寒さに対して弱くなっているので、冬場より気をつけないと、冷えてしまうのです。冷えると健康を害するだけでなく、代謝《たいしゃ》が悪くなるのでダイエットにも大敵ですし、ムクミの原因にもなります。

それなのに現代社会は「背広の男性用」にほとんどの場所の空調は整えてありますので、女性はどこに行っても冷え冷え。冬場は暖房のかけすぎで空気が乾燥してお肌カサカサ。お勤めをしている人は、ほんとに大変だと思います。

私は夏場、出かけるときは、ショールを二枚と靴下を用意して、冷房のかかった場所に入ったら一気に武装します。冷えは婦人科系の病気にも大敵ですし、なにより寒くてたまりませんからね。毎日のお勤めで冷え込んでいる人は、ほんとに家でだけでも、「冷房なし」生活をおすすめします。

我が家ではここ数年、夏場ほとんど冷房を使わなくなりました。冷房をかけてよく眠れても、翌朝体がどよーんとだるくなるのが耐え切れなくなったからです。エアコンのドライをつけても気温が下がってしまうので、相当の熱帯夜でない限りはつけません。ほとんど除湿器と、扇風機の風だけで過ごしています。眠るときは、タイマーをセット。窓を開けっぱなしにして、暑くて起きちゃったらまたちょっとだけ扇風機をつければいいのです。

なぜなら、夏は汗をかく絶好の機会だからです。ここで汗をかいておかなければ、冬場にたまった老廃物が体から出て行かないというもの。汗をかくことで失われたミネラル分は、ミネラルウォーターや、ビタミン・ミネラル豊富な食事で補い、夏バテ知らず！　新鮮な果物やオーガニックの野菜と、玄米食がいちばんですが、玄米ご飯が食べたくなかったら、全粒粉《ぜんりゅうこ》のパンや、お蕎麦《そば》（ホールウィートです）でもいいです。

「でもアセモができちゃってたまんないじゃない」とお嘆きの貴女には、日本古来の「汗知らず」をおすすめします。赤ちゃんのシッカロールのことです。そうやって夏を冷房なしで乗り切り、天然サウナで痩《や》せましょう！

キレイな空気はキレイの素

32 今すぐ禁煙を決意、実行しよう

これほど公共の場での嫌煙権がないに等しい、タバコを吸うことが「文化的に程度の低いこと」だという常識がサラサラない先進国って、日本だけなんじゃないでしょうか。

ある日ランチでイタリアンレストランに行ったら、ランチタイムのサラリーマンでいっぱい。夜はいい雰囲気のお気に入りのレストランなのに、店内タバコの煙でむんむんでした。しかも隣のおっさんは、すごい太ってるのにステーキランチを食べ、タバコを立て続けに吸っているのです。

さらに、会社の同僚らしき三人と食べていて、仲間に煙を吹きかけるのは失礼だと思ったか、すぐ隣の私にガンガン吹きかけていました。日本人のおっさんにとって、知らない人は、人にあらずなんですネ。

家に帰ってダンナに話したところ、

「あー、今はビルの中は禁煙で、会社じゃ吸えないからランチタイムにまとめて吸ってるんじゃないかなぁ」

とのこと。でも、だからといって、知らない人の健康を害していいのでしょうか。うちのダンナもやめられない口でしたが、私の妊娠と同時に努力し始め、出産を機にキッパリやめました。

なぜならタバコは癌や心筋梗塞の原因になるだけでなく、近年イギリスで、親の喫煙が幼児突然死の原因にもなるという調査結果が出たのです。子供の前で吸わなくても、タバコに含まれる五〇種類以上もの化学物質が、喫煙後何時間も周囲に悪影響を与えるのです。

うちのダンナはやめる数年前無添加タバコに変え、見事禁煙に成功しました。普通のタバコに含まれる添加物が中毒の原因になっているとも言われています。タバコを吸っている人は、今すぐやめるか、やめる努力をしましょう。なぜなら禁煙することで、健康になったり周囲に迷惑をかけなくなるだけでなく、えらく若返ってしまうのです!

タバコをやめた夫は、食欲が増し、一年間で十キロ太りましたが、そのぶん一〇歳は若返ったでしょうか！　その肌のみずみずしさと初々しさは、とても四〇歳には見えません。やめる前の、あのお肌パサパサで土気色だった彼がうそみたい。ね、みなさん、禁煙しない手はないでしょう？

タバコをやめると一気に若返る

33
可愛い男の子をチェックしに行こう

中年のオカマ友達を観察していると、「若くて可愛い男の子チェック」に余念がないところが、その若さを保つ秘訣みたいです。とにかく、

「ウェイターが可愛いからあの店食べに行こうぜ」

とかしょっちゅう言ってる。

もうちょっと自分が若かった頃は、そんな様子を見い見い、

「やあねぇ、おばさん、あーいう風にだけはなりたくないわ」

なんて思ってたけど、このトシになると、

「別に減るもんじゃないし見たっていいじゃない」

くらいに思えてくる。それに、

「可愛い♥」

って思って見ると見られたほうも

「そ、そっすか」

くらいのうれしさはあるわけで、それでお得意様になられたら、お店だって助かるしネ。

何しろ「見るだけ」、せいぜい馴染みになって一言二言会話を交《か》わすか、アイ(愛?)コンタクトするだけだから、罪にもなんないしぃ。結婚してたっていいわけだすぃ、何歳んなっても「ときめき」って大切ぢゃーん。

というわけで私には、「店員が可愛いから」行きつけの店、というのはけっこうある。用もないのに代官山の若者ブティック(オシャレすぎて買うものないんだよね)とか、しゃれてるだけで美味しくないからほんとは行きたくないカフェとか。ソムリエが可愛くてナイスだから、飲みたくもないのに高いワイン買っちゃうワインセラーとかね(笑)。

このあいだもベリーダンスのお稽古に行く際、青山のエスプレッソカートの中に可愛い男の子を発見、

「ふっふっ、今日はスターバックスじゃなくてあそこでコーヒー買おうっと」

と思って帰りにホントに買ってみた。友達は、
「こわ～い、人妻の暴走」
って白い目で見てたけど、コーヒーも悪くなかった。可愛くてナイスな若者に
コーヒーいれてもらって、
「うふっ、可愛い」
って思って、コーヒーも美味しいんだから文句ないじゃん？　お店も儲かって
みんなハッピー。
小森のおばちゃまだって、八〇過ぎてからも「ときめき」を忘れないために、
散歩の途中にある大きな木に「惚れてる」って言ってたよ。それとおんなじ。本
物のプラトニックラブだから、ま、処女みたいなもんよね～。

可愛い男の子観賞は、密かな大人の愉しみ（笑）

34 海、温泉で心と体の老廃物を流そう

海水、天然温泉にはトシを取れば取るほど頻繁に入ったほうがいいですね。海は生命誕生の源。人工的な現代の生活で自分たちの自然な姿を私たちは忘れがちだし、とくに都市生活者は空気吸ってるだけで身も心も汚れちゃう。そんな、環境的に歪《ゆが》んだ私たちの心を海はなおしてくれるし、体にたまったストレスや老廃物も取ってくれる。年取ると新陳代謝が鈍くなって老廃物はたまる一方だし。

とくにあたたかい南の島はおすすめ。気候的なあったかさとぽよよ～んとした雰囲気と海水のトリプル効果で、ガチガチになった身も心もとろろーんと溶かしてくれる。ちなみに、私が結婚を決意したのもバリ島でした。

夕方、夕日であたためられた海水に素足をつけつけ、やわらかい砂の上を彼(今のダンナ)と散歩していたのね。そしたら、あまりにも気持ちよくて、おな

かの底から幸せ感がわいてきて、

「あ〜、この人と結婚して、ここに子供がいたらもっと幸せかも〜」

と自然に思えた。

それまでの私は都会的な生活が大好きで、仕事バリバリして夜遊びしておしゃれしてエステ通って。結婚なんて興味もなかったし、ましてや子供なんて考えられなかった。グルメ三昧《ざんまい》大酒飲んで、大騒ぎして一見楽しいようだけど、その反動でガーンと落ち込んだりすることもたびたびだった。そんなアンバランスで不自然な女だった私を、海は「真人間」にしてくれたのでした。

それからは海外旅行といえばあったかい海のあるところ。日本でも海に行くよう心がけているんだけど、なにせ日本は海があったかくて気持ちいいって季節が短くて（だから夏休みは混んでイモ洗い海岸になっちゃうしね）、なかなか海に入る機会に恵まれない。それでも海水に入らないよりは入ったほうがリフレッシュするから、私はよくテルムマラン・パシフィークっていう千葉のタラソテラピーセンターに行っています。

タラソテラピーセンターは海水をぬるい温度にあっためて、プールにいろんな打たせ湯やジャグジーがついているから、けっこううだうだ入っていられる。予約すればエステやマッサージやいろんな水中エクササイズのクラスが受けられるけど、私はたいていぶらっと行って、プールだけの利用で自由に泳いでる。施設全体もフランス風だし、春はプールから山桜も眺められてグッド。

あたたかい海には恵まれないけど、日本には温泉がいっぱいあっていいですね。天然温泉は地球のパワーで地下水がそのまんまあったためられているわけだから、海水をあったためたものよりもっとエネルギー的にパワフル。

露天で入れば海や山の美しい風景を眺めながら、いい空気も一緒に吸えるし、けっこう長時間入っていられる。中でも私は海の見える露天風呂のある黒潮温泉が好き。しょっぱくて、まるであったかい海水。

海水の効果はすごくて、生理前のニキビや仕事のストレスによる大人のニキビも治してくれる。忙しいワーキングウーマンならなおさら、たとえ半日でもいいからタラソテラピーセンターに行くか、一泊で温泉に行ったほうがいい。なんか「憑《つ》き物」が落ちるっていうか、そういう効果がある。

そんな時間もとれず東京を離れられないという貴女は、東京の温泉、瀬田《せた》温泉がおすすめ。都会にありながら大きい木に囲まれた露天風呂があるし、歓喜の丘っていう（笑）、夕日が眺められる露天もできた。帰りに二子玉川の高島屋で買い物してコマダム気分を味わっていいわけだし（笑）、おすすめです。

ちなみに今スーパー銭湯みたいなのも流行ってるけど、どうせ出かけるなら絶対に天然温泉がいい。パワーと気持ちよさが違うもの。

天然水パワーで身も心もリフレッシュ

テルムマラン・パシフィーク
☎0470・76・5511

瀬田温泉　山河の湯
☎03・3707・8228

Part 3

大切な人と、もっと素敵な関係に

人間関係
満ち足りない恋愛を好転
させるヒント

35 プライドを捨て、本音で話そう

大人になってくると、女も男も意地ばかりが強くなって、「人にばかにされちゃあなんねーだ」という、プライドの化け物になりがちですね。

それなりに愛情に満たされた生活をしていたり、仕事で自信を持ったり、ある程度自分の半生に満足している人は、わりと「うまく大人になって」いて、どーでもいいところにはこだわらなかったりするものですが。

そう、「うまく年を取る」ということは、どんどん楽に、楽しくなっていくことなのです。眉間《みけん》に皺《しわ》寄っちゃって、「ふんっ、ワタシを誰だと思ってるのよ」みたいな人は、実は自分の人生に満足してない、欲求不満の人。でも自らの落《お》ち込《と》み《し》を認めようとしないから、「自分を上げる」ために威張ったり、相手を貶めたりやり込めたりする。これじゃあダメなんです。

昔から言うでしょ、「実るほど、コウベをたれる、稲穂《いなほ》かな」。年取って、たれるのは乳や尻だけじゃナサケナイ。能ある鷹は爪を隠すものです。

まあ、私なんか四二歳ですが、このトシになると、何にもしてない人でも「生きてきた歴史」みたいなものにプライドを置きたくなる気持ちも分かる。そしてほんとに激務をこなしてキャリアを積んで来た人は、それに対して他人から尊敬を得ようとする。それだけじゃなく、いい学校を出てるとか、お家柄がよろしいとか、「金だけはあるっ」とか、そんなくだらないことで人より自分が勝《まさ》っていると思おうとする。

でもそんなことは、実は本当の幸せ感を得るのに、ちっとも役にたたないんですなー。人が幸せ感を得るのに簡単に役にたつのは、「大好きな人と本音で語り合うこと」、大嫌いな人とだって、ときに本音で語り合えたら心が触れ合って、仲良くなれちゃったりする。いちばん寂しいのは、「近くて遠い他人」。いつも一緒にいる友達や家族と、本音で話せないことほど空《むな》しいことはありません。

ボキャブラリーが少なくたっていいんです。人間が神様から与えられたすばらしいものは、言葉。動物とでも、愛し合ってる実感は得られるけど、自分の心をダイレクトに言葉で表現し、それを伝えたい人に伝えられるのは人間だけ。

本音で話した会話はたとえ内容があほらしくても、確かに「その人」がそこにいたという実感が得られ、記憶に残る。これが人の心をいつまでもあたためつづけるんですな。

ところがプライドばかりが肥大化すると、友達にも「こんなこと言ったらばかにされちゃうんじゃないかしら」と、本当のことを言えなくなるのね。

そうやってかっこつけているうちに、自分でも自分の素顔が見えなくなっちゃう。何年もすると、けっしてはがせない「鉄面皮《てつめんぴ》」になっちゃって、「勘違いした自分」を生きることに。そうなった人は不幸で、一人でいるのがいちばん楽になっちゃうんですよ。誰にも「本当はかっこ悪い自分」を見せたくないから。

こうなってしまった人は、決して本音で話さないから、相手によってころころ言うことが変わり、「核」がない。会う相手に合わせてその人に「尊敬される自分」を演じるわけで、ちょっと多重人格っぽくて怖くなってしまう。なにより、話していてもちっとも「本音」が出てこないので面白くないから、友達は離れてゆきます。恋人もしかり。

人は、「この人には自分の本当の姿を見せられる」人が好きだし、「この人は私にだけは本音を語ってくれる」人を愛《いと》しく、大切に思う生き物。それがどんなにかっこわるくても、自分をさらけ出してくれる人は、そのグループ感から、「めっちゃイケてる」のです。

人間なんてみんな、かっこわるいものなのですよ。生まれたときからうんこもおしっこもタレて生きて来たんだからさ。な？

自分の本当の姿を見せられる人が、周りにいますか

36 忙しいからこそ、アニバーサリーは大切に

大切な人との関係をもっと素敵にするために、これは欠かせない条件です。友情も、恋人との関係も、家族の絆も、アニバーサリーを大切にする心なくしては、深まらないのではないでしょうか。

日本人は「盆暮れ正月ゴールデンウィーク」以外大切にしない傾向がありますが、本当にこれでいいのかしら？

我が家では、母の代からのしきたりで、結婚後も、私と娘とダンナの誕生日と、結婚記念日、そしてクリスマスイヴの夜だけは、ダンナのマネージャーにお願いして、仕事を入れないようにしてもらっています。

本当は土日も休んで欲しいのですが、フリーでカメラマンをしていると、なかなかそういうわけにもいかないので、せめて年間その五日だけは、堪忍《かんにん》してもら

っているのです。

結婚する前はクリスマスイヴまでも仕事をしていて、

「だってみんなしてるんだから仕方ないじゃん」

と言われてました。でも本当に、「仕方ない」のでしょうか。土日にしても、クリスマスにしても、家族や親しい人たちが集まって心を温めあうべき日に、それをほったらかして仕事をしてしまう。そしてそれに美意識すら感じて……。

高度成長期に養われた日本人の仕事至上主義は、バブル崩壊後不況が続き、「心の時代」といわれて一〇年以上たった今なお続いています。不況なだけに「さらに倍」となったといってもいいでしょう。つまり、「せっかくある仕事を断るなんてもったいない」という心理。それどころか、プライベイトな関係に時間やお金を使うのは「もったいないこと」になってしまっている人が、なんと多いことでしょう！

私の知り合いの男性編集者（三〇代後半、独身、彼女はできてもすぐ別れる）は、言いました。

「結局ね、横森さん、私生活はつまらないんですよ。自分程度のオトコの彼女になる女となんて話してたってつまらないし、それだったら著者と話してたほうがずっと面白い。仕事につながるし、食事代や酒代も経費で落ちますからね。それでじゅうぶんなんです。性的欲求なんかお金払って性風俗に行ったほうが、女性と付き合うよりよっぽど安上がりですしね」

何とまぁ、心寂しく、セルフリスペクトも、女性に対するリスペクトもない男なのでしょう！　その後、彼とのお付き合いはなくなりました。たとえ仕事上だけのお付き合いでも、こういう貧しい精神性の人とは、付き合えませんからね。

人間の幸せを、お金だけで考えたら、確かにそういうことかもしれませんが、それでは人は、幸せにはなれないのです。その証拠に彼は、

「一人暮らしでこの年になると、明け方体が冷えて、目が覚めて、ああもしかしたらこのまま、俺は死んじゃうんじゃないかなぁって思うことがある。ま、死んでも、悲しんでくれる人もいないからいいんですけどね」

なんて言っていたのです。そんなふうに考え、自暴自棄になるくらいなら、自分が愛して敬《うやま》える女性をなんとか振り返らせる努力をしてみるとか、等身大の自分を愛してくれる女性をありがたいと思って愛すとか、してみればいいのに。バ

カな人だなぁと思います。

この人はよく言ってました。

「本当に忙しいのに、浮気してるんじゃないかと思われていちいち会社にチェックの電話入れられたり、帰ったら何時でもいいから電話ちょうだいとか、こっちは疲れてんのに、女性と付き合うといろいろ面倒なんですよ。それでやっと時間が取れたと思って電話すると、今度はもういい！　なんていじけられちゃって、こっちが振られる」

連絡しなかったのはどのくらい？　と聞くと、なんと二ヵ月もしなかったそうです。こんなの、振られるの当たり前ですよね。

みなさんは、どうでしょうか。仕事に没頭している時期は私にもありましたから、気持ちは分からないでもありません。

でも、「仕事が忙しい」は言い訳にはならないんですよ。会う時間がないのなら一緒に住んで、せめて寝る時間だけでも一緒にいる。寝る時間がずれたって、相手の雰囲気が残ってる場所にいるだけでも安心するでしょう。

幸せになるのなんて、簡単なんですよ。縁があった人との関係を大切にする。

それだけです。そしていつも忙しいからこそ、アニバーサリーを大切にする。我が家では必ずドレスアップしてどこかに食事に行き（クリスマスはホームパーティ）、プレゼントを交換しています。これは、何歳になっても続けるつもりです。

長く付き合えば付き合うほど、おざなりになりがちなお互いの関係。そのフレッシュさを保つためにも、たまには特別なお洒落と、特別な食事（お出かけ）が必要なのです。

親しき仲にもイベントあり

37 誰かを好きになる心を育てる

人間関係はすべて目に見えないもの、つまり「愛」によって成り立っているのだと思います。どんな状況になってもそれさえ忘れなければ、大切な人との関係はもっと良くなるはずだし、関係が悪くなり、不愉快な思いをしたり、嫌われて孤独を味わうこともなくなるのです。

「愛」は、オトコとオンナのいわゆる恋愛感情だけではなく、すべてに対する関係性のことを示すのだと私は思います。誰も一人では生きて行けないので、すべての人が、いえ、人だけでなく動物も、植物も、生きとし生けるものたちすべてが助け合っているのです。

もちろん仕事や社会もそうやって成り立っている。その基本形になるのが、家族、友達、恋人、といった、近しい関係における「好意」なのではないでしょうか。同性でも異性でも「好き」という気持ちがあって、相手に対する「好意」がある。そこからしか、プライベイトな関係は始まらないのです。

よく、

「私には親友と呼べる友達がいない」

とか、

「恋人ができない。私を愛してくれる人なんか、どこにもいないんじゃないか」

とか、それどころか一人も友達がいない、なんて悩んでいる若い子がいます。

逆に一見友達が多いように見えて、

「みんなでつるんでても、どこか馴染《なじ》めない自分を感じる」

みたいな悩みを抱えている人もいます。

最近はその関係性までもデジタル化して、メールでしか友達とやりとりができない子が増えているとも聞きます。もちろん連絡が取れないとき、相手を安心させるメールを打ったりするのは大切ですが、メールというのは一方的なものです。楽かもしれないけど、かなりエゴイスティックなやり方なんですよ。

メールしか打てなくなったら、もうその関係はその程度だということです。

「好き」という気持ちはなにかというと、その人に会いたい、会って話がしたい、声が聞きたい、コミュニケーションがとりたい、ということなのですから。気持ちのコール&レスポンス、これがなければ、面白くないでしょう。ロックコンサートと同じです。

そう、「ライブ」なのです。基本的に人間関係は、会って、目を見て話すこと、口下手なら、一緒にいる時間を過ごすことです。相手の雰囲気や体温を感じる距離で、〝連るむ〟、これが大切です。まあでもいろいろな事情で会えない場合は、電話でもいいんですが、電話はやっぱり声だけなのですよ。愛情が深ければ、声を聞いたら会いたくなる。

以前、雑誌で若い子の悩み相談を受けたとき、

「友達はいるけど、いまいちツカミにかける。もっと私が大好きになれるような、面白い人との出会いはないか」

という人がいました。これはすごく、ゴーマンなことではないでしょうか。なにを贅沢言ってるの、自分を好いて会いたがってくれる、一緒にいてくれるだけでもありがたいと思わなきゃ、と、おばはんは思いました。

若いうちは、友達なんて掃《は》いて捨てるほどいると思うけど、年を取ってくると、どんどん減ってくるものなのですよ。だから、長く付き合ってくれる友達がいるだけで、自分は幸せだと思わなきゃ。

友情も、恋愛も同じです。エゴイスティックに「誰か自分を愛してくれる人」「楽しませてくれる人」を探すんじゃなく、「自分が縁のあった人を好きになる気持ちを育てること」「一緒に楽しい時間をすごせるように努力すること」、これが大切なんです。

どんな頑《かたく》なな人でも、自分から愛を注げば、必ず相手も心開いてくれます。相手の愛すべき部分を探して、いいところを認めてあげる。自分のできることで、「好意」を示す。そうすれば、きっと相手も、あなたを好きになってくれますよ。

体温が伝わるライブ感こそ、人間関係の基本

38 馬には乗ってみよ、人には添うてみよ

なんだかんだと選《え》り好みして、「彼氏いない歴」の更新を続けている人がいますが、古《いにしえ》のこの言葉を思い出してみましょう。

馬は苦手、馬なんか乗らなくても、だって怖そうだし、馬臭いし、馬とは相性が悪いのよね、そんなの好きな人だけ乗れば……なんて言ってないで、馬も乗ってみると案外エエもんですよ、人間もしかり、という格言です。

ちなみに私の「彼氏いない歴」は、たった三ヵ月で終焉《しゅうえん》を迎えました。三十路を過ぎた頃、占い師に、

「今の彼とすぐ別れなさい。そしたらもう、あなたをうっとりさせてくれるような〝運命の彼〟が現れるから」

と言われて、当時の彼(今のダンナ)と別れたのです。まあ確かに、うちのダ

ンナは女をうっとりさせられるようなタイプじゃないし、「運命の彼」とも思ってなかったんですが、長年付き合っていたので情もあり、戸惑う私に、占い師は、

「古い洋服を捨ててクローゼットは空にしないと、新しい洋服は入らないわよ」と、脅《おど》しまでかけました。

で、そーよねそーよね、新しい出会いをゲットするには、まずフリーにならなきゃと、別れたは別れたのですが、新しい男なんかちーっとも現れず、寂しさ余ってたった三ヵ月で、元の鞘《さや》に納《おさ》まってしまった。

でも今は、それでよかったと思ってます。だってそのあと私は、「結婚したい」と思ったときに相手がいたわけだし、パートナーのいる生活はあたたかく楽しく、心に平和を与えてくれる。つまんないジョークも、どってことない話も朝となく夜となく聞いてもらえるし、日々美味しいものを食べて「美味しいね」って言える相手がいるってことは、ホントにすごく重要なこと。

結婚制度自体にこだわることはないけど、人はやっぱり誰か専属のお相手がいるほうが、欲求不満にならないで済むと思います。

「でもそれだけが人生じゃないしね」

って言う人もいるけど、一人で頑張ってる女の人たちは、やっぱり仕事相手とか女友達とかを、その欲求不満の捌《は》け口にしがち。すっごいしゃべるしねー。まあ話したいこともたまってるんだろうけど、

「あんたのそのくだらない話、聞いてくれる人、早く探しなよー！」

っていいたくなる。私だってきっと、ダンナがいなかったらそういう風になっちゃってるだろうから、よくわかるんだよね。

「でも私、妥協はしたくない。きっとどこかに人も羨むような運命の彼はいて、その人から思いがけないプロポーズを受けるの。そして新婚旅行はタヒチのホテル・ボラボラよ」

なんか言って、その幻想を肯定して欲しいがために「占い師のハシゴ」をしているキャリアウーマンを私は知っとるが、怖いと思いませんか？

そういうコワ目の人とは逆に、「私はね、いい人なら誰でもいいの」と言ってる控えめな人も、実はすごい厳しい目で選り好みをしちゃっているのが事実。

誰か良さそうな人と知り合っても、実は顔がいやだったり、自分より高学歴高

収入じゃなかったらいやだったり。浮気をするタイプは絶対いやとか、若い子が好きなんじゃないの？　とか、女の貯蓄やマンションが狙いなんじゃないの？　などなど何もはじめない前から疑って、結局は付き合わないでやめてしまう。

そうやって、「煮ても焼いても食えない」ようになっていくんですなぁ。そうなるぎりぎりで一生のパートナーを決めた私に言わせれば、

「難癖つけても、縁のある人としか縁はない。君しかいないからオンリーユー」

なんですよ。

彼氏いない歴が長い人は、いつも「候補者」がいっぱいいて、それを比べて「帯に短しタスキに長し」ってやってる。でも、そもそも人をジャッジしたり比べたりするのってすっごく失礼だし、自分だって異性の目で見てみたら、「イヤー、申し訳ない！」っつって、ほっかむりして引きこもんなきゃなんないよーなもんでしょ。贅沢は言えないよね。

よく、合いそうな人がそばにいても、

「ええー？　まっさか、やめてよ冗談じゃない」

って、ぜんぜん相手にしない人がいるけど、これって灯台下《もと》暗し。「類友の法

則」っつって、「自分と合う人としか縁がない」のは宇宙の真理なのさ。

だから、馬には乗ってみよ、人には添《そ》うてみよ。人は成長するし、相手を肯定し始めたら、関係はどんどん良くなる。もし誰かと付き合ったことで苦労をしたとしても、何もない人生より、そのほうがずっと面白い。ダメだったら何度でもやり直しはきくしねー。

とりあえずやってみることだと、おばさんは思うよ。ま、自分をもったいぶらずに、ってことよ。

難癖つけても、縁のある人としか縁はない

39 ペットも飼ってみよ

私の友達で、断固としてペットは飼わない、という人がいます。彼女はとっても優しい人で、我が家に来たときはうちの猫を、それこそ猫っ可愛がりする人なのに。それは、彼女が独身だから、という理由なのだそうです。彼女いわく、「このトシした独身の女が猫飼っちゃったらさ、そこで孤独感が癒されて、来るもんも来なくなっちゃうわよ」

だそうで、つまり「求める力」が弱くなって新しい男ができづらくなってしまう、ということなのだそうです。

でも、そうこうしているうちに彼女、「彼氏いない歴」すでに一〇年近くもたってしまいました。ものすごくいい人だし、純粋だし、四〇過ぎてるわりには美容状態も良く、知的で、友達としては本当に幸せになって欲しい人なのに、なかなかいいお相手が見つからない。

例年通りデートの予定もなく、我が家のホームパーティに来ることになったクリスマス、彼女は言いました。

「私だって、幸せになりたいと思ってるんだよ」

私は思いました。なら猫飼っときゃ良かったじゃん、と。

なぜなら、人間は、自分をそんなに苦しめることはないからです。「孤独に耐え、本物のパートナーをゲットするまで」がんばるのもいいけど、厳しくしすぎると逆効果の部分が出てきてしまう。

一人でいることに慣れすぎて、誰かをその生活に受け入れることができなくなってしまうこともあるのです。自分に厳しい人は、他人にも厳しいから、相手を受け入れる幅も狭くなってしまう。

そして、人間とは恐ろしいもので、「慣れ」ってほんとに大事なんです。既婚者がモテるのも、その人が毎日の生活で、「オトコ慣れ」「オンナ慣れ」しているから。だから異性がとっつきやすく、不倫は良くないけど、その機会にも恵まれるのです。

「彼氏（彼女）いない歴」の長くなった人は、その「とっつきやすさ」に欠けてくる。本人も異性に対する防衛本能ばかりが働き、遠ざけてしまう。それか逆に、いわゆる飢えた感じ、乾いた感じを与えてしまい、

「うわ、こんな女にひっかかっちゃったら、すぐ結婚せまられそうだな」

といった、警戒心を抱かせてしまう。


一人で暮らす「寂しさ」というのは、どんなに隠してもにじみ出てしまうものなのですよ。若い頃なら一人でも、毎晩誘ってくれる男友達や、週末や休日を一緒に過ごしてくれる女友達もいるから寂しくない。でも、三〇を過ぎ友達はどんどん結婚して、子供もできて、みんな家族中心に。そうでなくても「我」が強くなってきて、「疲れる」からあんまり一緒には誰もいてくれなくなる。


だからペットを飼うのですよ。ペットは、簡単に手に入るライフパートナー。その可愛さとやわらかさ、あたたかさ、ピュアな愛で人の孤独感を癒し、可愛がられ、家族の一員になるために生まれてきた。それが人間ではなくても、命のあたたかみを感じる毎日、愛情交換のある生活は、人にとって本当に大切なもの。

「でも、うちのマンションはペット禁止だから」

なんていってないで、飼いたかったら万難排してぜひ飼うべきです。世話が大変だとか、命の責任を負うのがいやだとか思っても、彼らが与えてくれる愛や楽しさ、あたたかさ、喜びに比べたら、どってことない。人はそういうものを、日々味わうために生まれてきたのですよ。人間の相手がいなかったら、犬や猫でもいいから、抱き合ったり一緒に寝たり、生活を分かち合う相手をゲットする。

ペットの与えてくれる愛と喜びは、たぶん自分の赤ちゃんと同じくらい、素晴らしいものでしょう。子供が欲しくても、恋人と同じで、思いのままにはできないもの。無理をしないで、ペットを飼ったほうがいいということもあります。我が家では二匹の猫が、大切な私たち夫婦の子供です（と思っていたら子供が生まれ、今では三匹の子持ちとなりました）。

この世知辛《せちがら》い世の中で、ピュアな愛情を捧げ、自然な姿を見せてくれる動物は、一緒にいると私たちに、生き物として大切なことを思い出させてもくれる。

独身の女の人だって、日々愛情豊かに生活していれば、カツカツな感じがしなくなり、逆に男の人が寄ってくるようになるでしょう。ペットを可愛がる優しさで、その人の真の姿を知り、好きになることだってあります。

私の知り合いで、共通の友達の留守中の猫の世話が縁で知り合い、結婚したケースだってあるのです。

「うちの猫、見に来ない？」

と、オトコを誘って成功した人もいます（その後、できちゃった結婚した！）。

人生はなんでもあり、なのです。人に迷惑かけない限りは、やりたいことは我慢しないで全部やって、その喜びを享受すべきなのですよ。

独りでいることに慣れ過ぎない

追記――

当時この本を読んで猫を飼い始めた独身女性は、一匹から二匹と猫だけが増えて、男はできず、ガンとして猫を飼わなかった友人はなんとその後四四にして電撃結婚した！　う～ん、人生って分からないものだワと、思う今日この頃である。

40 勇気を出して悩みを打ち明ける

親しい間柄での関係の悩みというのを、友達や占い師に相談する人がいますが、これはさてどんなもんでしょう。私もよく、女性誌などの企画で相談に乗りますが、いつも、

「当人同士で話し合ってみたらどう？」

と言ってしまいます。

なぜなら、私は自分の経験と想像で、若い人の相談に乗ることはもちろんできますが、はっきりいって本人たちとその関係を実際に知っているわけでもないし、傾向と対策は出せても、抜本的な解決策など、出せるはずがないのです。

まあ、

「本人には言いにくいことだから悩んでるんじゃない」

という気持ちもわかりますが、ここは思い切ってその悩みや不安を打ち明けたほうが、たとえ喧嘩になっても、その後のためにいいのです。他人と理解しあい、より深い関係になっていくには、それしかないのですよ。

よく、肉体派の若い男性は、取っ組み合いの喧嘩をしたあとに仲良くなるといいますが、男性と女性の場合はそれが、言葉の暴力、なのかもしれません。お互いをさらけ出して、何度か喧嘩していくうちに、だめになるカップルもあれば、どんどん仲良くなって結婚するカップルもあるということです。

言いづらいことがあってどうしても切り出せないのなら、多少お酒を飲んで勇気を出してみてはいかがでしょうか。飲めない人ならなおさら、ビール一口、飲みやすいフルーツカクテルちょっとくらいで、気が大きくなるものです。

いつもと違うシチュエーション、大自然の中に二人で旅したときとかでもいいですね。海や星空を眺めていると、本音がぽろっと出たり、プライド高き人も、素直になれたりしますから。

「でも、いくら私が心割って話そうとしても、彼は聞く耳持たずなんだもの」

という彼女もいるでしょう。あるいはその逆も。男でも女でも、人との深い付き合いを避けたがる人もいます。表面的に楽しくできればそれでいいだけで、自分をさらけ出すことも、相手を深く知ろうとすることもない人。

でもこういう人たちは、結局は怠け者なのですよ。自分自身を知るのもかったるくて、よくよく自分とは何者か、などと言った深遠なことは考えたくもないんですね。だから相手のことも知りたくない。それは面倒なことだからです。

こういう人は、古いタイプの日本人男性に多いですね。男同士ではよくつるみ、酒を飲んでは人生を語り合っているのに、自分の女房とは「めし、風呂、寝る」の三語しか言葉を交《か》わさない人。それもやはり、面倒だからなんですね。

まず男尊女卑がベースにあって、「女＝分からない、知りたくもない」と思う。一度知り始めると相手も人間だし、特に異性だから深遠かつ難解なもので、そんなものに興味を持ったら、仕事も外の男友達との関係もお留守になっちゃう。だからやめとこうってわけです。

金曜日の夜、いい料理屋に男二人組みの客がいるとか、休日に野郎ばっかりの客が温泉宿に押し寄せるのなんて、日本だけじゃないでしょうか。そして年配の女性たちも、みな既婚者であるにもかかわらず、オバサンチームで行動する。そのほうが夫婦でいるよりずっと楽しいからなのでしょうが、これからの日本人は、こういうことじゃダメですね。

人生は、日々これ精進《しょうじん》なのです。自分の怠け心に打ち勝って、より良く生きようとする心意気。それなくして、虚《うつ》ろな幸せは手に入っても、根本的な幸せなど、手に入ろうはずがありません。

いちばん近しい人は、世界が敵に回ってもあなたの味方でなければならないのです。相手にとって、あなたも同じ。なんでも話せて、信頼できるパートナーをゲットするのが、幸せになるポイントです。

いちばん大切な人はどんなときも、あなたの味方であるはず

41 目と目が合ったら微笑《ほほ え》み返し

外国人は知らない人でも、目があったらニコッと微笑みます。そして微笑みをかけられれば、微笑み返しします。これはコミュニケーションの基本なのです。ところが日本人は、「ふざけてると思われたくない」のか、はたまた、「にこにこして愛想をふりまいていると勘違いされるのがいや」なのか、それとも「好きだと思われたら迷惑」なのか、微笑みかけないし、微笑み返しもあまりしません。

これは「多民族国家」と「単一民族国家」の違いのせいだと、ある学者が言っていました。多民族国家であることが多い海外の都市では、他人は最初から「違うもの」として認識しており、だから初対面の人には「敵対心《てきたいしん》を抱かせないように」微笑む。これは自己防衛手段でもあるというのです。つまり、「微笑まずに相手を怖がらせたら、逆にやられてしまうかもしれない」ということ。

一方、「みんなおんなじなんだから、努力しないでもわかりあうのが当たり前」と潜在的に思っている単一民族国家では、当然のように微笑まない人が多い。

私はこの日本人の「微笑まないのが普通」という文化を、とても寂しく感じます。誰でも赤ちゃんや小さい子、動物には微笑みかけるのに、なんで大人には微笑みかけなくなってしまったのでしょうか。

じゅうぶん大人になってからだって、微笑みかけられれば誰だって嬉しいし、安心して、相手に心開きます。

逆に少しも微笑んでない顔はたいてい怖くて、相手に敵対心を抱かせたり、不安にさせるもの。特に東洋人の顔は一重まぶたでのっぺり系、微笑んでないと本当に感じ悪く、怖いのです。

笑顔は「喜び」や「嬉しさ」「楽しさ」、つまり幸せの象徴です。知らない人でも、誰かが何かを喜んで、楽しんで、微笑んでいれば、「まあ微笑ましい」と、こちらも嬉しくなってしまうもの。だからこれを表さない手はないのですよ。微笑むのに労力はいりません。それを惜しむのは、ほんとにケチというものです。

何かの集まりがあって出かけると、日本は微笑んでいる人があまりにも少ないので、私は怖くなってしまいます。へらへらしているこちらがばかみたいなほど、みな神妙な顔をしているのです。で、

「みんなつまんなそうな顔してたけど、楽しくなかったのかな」

と聞くと、後から「あの会はほんとに楽しかった」などというのです。ならその場で表現してよー、と、いつも残念に思うのです。

マンションのゴミ捨て場で朝、若い女性に超ブスーッとした顔で「おはようございます」といわれたことがありました。大きなハテナです。眠かったのかもしれないけど、挨拶するくらいだったら微笑んでして欲しいもの。

「でも、私生まれつき愛想ないし、無理してまで人に喜んでもらわなくてもいいわ」

と、努力する前から開き直る人がいるでしょうが、ちょっとお待ちください。実は「微笑みかけるのが恥ずかしい」だけなのではないでしょうか？　意外とこういう人に限って、お酒が入ったら急に楽しい、フレンドリーな人になったりするものです。

つまり緊張しているのです。日本人の多く、特に男性がそうです。「みんなとコミュニケーションがとりたい」「人に好かれたい」「好意を示したい」という気持ちはあるのに、あまりにもシャイで、それができない。だからいつも、お酒を飲んでしまいます。お酒なしでは冗談を言ったり、微笑みをかけたり、人に優しくすることもできないのです。

私はそういう人たちが、べろんべろんになるまで酒を飲み、酔っ払ったときしか本人も楽しめず、人と懇意《こんい》になれないのを、とても残念に思います。肝臓を壊す前に、ぜひシャイな自分とサヨナラしましょう。

笑顔は、訓練すれば誰でも身につくものなのです。

サービス業、営業の人たちを見てください。彼らだって最初から微笑み上手だったわけではなく（もちろん天性の人もいるでしょうが）、仕事のために、トレーニングで身につけているからです。その技術を使わない手はありません。私は彼らを見ていて思います。たとえ中身がどんなんでも、

「感じいいよな」

と。人は、ウソでもいいから微笑んで欲しいものなのですよ。

一般の人でも、微笑み上手の人は得をしています。小ブスでも可愛く見えるし、特別取り柄なんかなくても、実は性格悪くても、みんなに好かれ、いろんな場所にお声がかかります。

その関係や仕事が長く続くかどうかはともかくとして、とにかく間口は開けるのです。人生の、チャンスが増えるということです。微笑みを身につければ、あなたの人生は、今日から変わるのですよ。

笑顔が多い人は、人生のチャンスが広がる

42 相手のためになることだけをする

世の中ヒーリングブームです。二十一世紀は誰もが「治療家」になるか「病人」になる時代だといわれています。なんでここまで、体や心の調子が悪い人が、増えてしまったのでしょうか。

アメリカの自然療法のドクター、ワイル博士の本に、イタリアのある地方に、極《きわ》めて病気の少ないエリアがあることが書いてありました。調査してみるとその理由は、そこには古い社会が残っていて、いつも人たちが集まって楽しくやっており、誰かが「孤独」ということがないのだということが分かったそうです。

もちろん、野菜たっぷりの家庭料理と、エクストラヴァージンオリーブオイルを使う食生活にも健康の理由はあるのですが、この「社会」のあり方が、病気を少なくしているのだというのです。

誰かになにか小さな悩みがあったら、それをすぐ聞いてくれる人がいる。そしてみんなで解決していこうという「愛」がある。だから人は病気になることなく、健康に楽しく、幸せに生きていけるのだと。

そういう信頼関係のある、「この人にはなんでも相談できる」「私を分かってもらえる」という人を得るのが現代ではどんなに大変なことでしょう。みんなが警戒して自分を装い、秘密を持ち、見栄や意地のため本当のことを言わない、本音で話し合わない関係では、「信頼」など築けようはずがありません。

でもだからといって、あきらめていいのでしょうか。いつまでも「誰も私をわかってくれない」なんて、寂しい気持ちで生きていたら、それこそ病気になってしまいます。

私が以前、子宮筋腫の治療でホメオパシーという自然療法をやっていたときのこと。私にそれを処方してくれたアイリス先生の言葉で、

「現代人はレメディ（ホメオパシーなどの薬）の前に、人間同士の心のふれあいの中で、自分自身の中にある、愛と幸福に気づくことが大切です」

というのがあります。それが病気を治すのだと。

先生は日本の医師たちに教えるため、アメリカから来日していました。現代医学ではどうにもならない病気を治すため、代替医療に乗り出した医師たちが受けるセミナーでした。

医師たちはみな試行錯誤する中で、どう対処したらいいのかわからない患者に対しても、医師の意地をかけて「なにか」を処方してしまうものだといいます。よくわからないものに対して、よくわからないものを、自分の使命感だけで与えてしまう。目の前で苦しんでいる患者がいたら、何もできない自分がいやで、適当なことをやってしまうのだと。

でもアイリス先生は、そういう医師たちに、

「自分の気持ちではなく、相手のためを思ってください。その人のためになることだけを、するのが良い医師です」

と教えたそうです。

普通の人間関係もこれと同じなのではないでしょうか。エゴや見栄を捨て、相手のためになることだけをする。なかなか難しいことですが、今やり始めないと、いつまでたってもできません。

たとえばあなたが、「心から信用できる人がいない」、という悩みをかかえていて、「恋人すら、自分に嘘をついているかもしれない」「だまされて、利用されているんじゃないか」などという猜疑心《さいぎしん》の塊になっていたとします。そしたら今、問題解決は、自分でしなきゃダメなのですよ。

「そんな、なにをやったって他人は他人、しょせん利用するかされるかでしょ」なんて思っていたら、その人には誰ともそういう関係しか築けません。まずは「自分」なのです。自分が心開いて、すべてを正直に打ち明け、いつでも誠意を持って接すれば、相手だってきっとそうしてくれる。そこからしか、「信頼関係」を築くことなんてできないのですよ。

信頼関係の第一歩は、心の扉を開くこと

43 人の評判は絶対、気にしない

仕事でもプライベイトでも、誰と付き合って行くか、ということを考えたとき、人の噂には耳を貸さないのが一番です。

自分の目で見て判断する。人と人とは相性だし、同じ人間でもその関係は、時がたてば良くもなるし悪くもなります。縁があったときに、自分で会って、話してみて、判断するのがいい人間関係を築くコツです。

たとえば、何年も前の失敗や、その人が調子の悪かったときの話を人から聞いて、

「だからあの人と付き合うのは、やめといたほうがいいわよ」

と人から言われても、私は気にしません。仕事の相手にしてもそうだし、プライベイトでも同じです。そうでなければ面白い仕事はできないし、楽しい私生活

も送れないからです。

人と人との出会いはタイミングであり、チャンスなのです。それを無駄にはできません。うちの母も、六〇で再婚してから秋田に移住し、そこでの新しい人間関係を築いてますが、やはり同じようなことがあるといいます。付き合いのある人のことを、

「あの人は万引き癖があるから付き合わないほうがいい」

と、みんなに言われたというのです。でも聞かないで付き合っている、と。母にとってはいい友達で、別に母のところから何か盗んでいくわけでもないし、問題はないのだと。

人が誰かと付き合わないほうがいいと言うのは、

「あなたも同類だと思われるわよ」

という意味が含まれているのではないでしょうか。人にどう思われるかが心配、という意識が大前提で、そういう意識がない人、「人にどう思われたって自分が楽しければそれでいい」という人には、関係がないことなのです。

私は若い頃、本当に病気で何度も入院していた、妄想虚言癖《もうそうきょげんへき》のある男の子と友

達だったことがあります。その子は小さい頃両親が離婚し、お父さんが再婚して腹違いの弟ができてから、疎外感を感じるたんびに嘘をついたり、万引きをしたりするようになってしまったというのです。

その彼、キャラクターがめちゃくちゃ面白くて、どこまで本当か嘘か分からないけど話も壮大で面白かった。一緒にいて楽しい人で、優しくて、いい遊び友達だったのです。でも何度も、パーティでクロークから誰かのお財布を盗み出してそのカードを使って捕まったり、会社のものを盗んだりして、刑務所と病院を出たり入ったり。お父さんがお金持ちだったので保釈金が支払えすぐ出ては来るのですが、また入る。そのうち、付き合いがなくなってしまいました。

最後の便りは、拘置所からの検閲印のついた手紙でした。もう一〇年以上も前のことになるので何が書いてあったかは忘れましたが、彼と私には確かに友情があったのです。いくら大嘘つきで万引き癖があるからといって、嫌いにはなれなかった。それはそれ、これはこれ、ということです。

人はある時期、ある人との思い出に残るお付き合いがあって、成長し、縁のない人とは離れていきます。だから興味を引かれた人と縁があったときには、その人との付き合いを、とりあえず体験してみてもいいのではないでしょうか。

逆に、人の評判を気にして「この人と付き合ったほうがあなたの得になるわよ」とすすめられても、聞かないほうがいい。人には相性というものがあります。合わない人には、どんなに「得な人」も、「いやな思いしかしない相手」になるのです。

人との相性は、自分の目で判断する

44

「ありがとう」をたくさん言う

これは気功の先生に教わった、幸せになる方法です。「縁起《えんぎ》の法則――ありがとうの不思議」。人間は実は自力で生きているのではなく、自分以外の人やもの、大自然の大いなる力によって「生かされている」わけで、その事実に対して感謝する気持ちを持つと、自《おの》ずと運は開けるというわけ。

なかなか自分に合った仕事が見つからないと、悩んでいる若い人たち（のみならず三〇代のフリーターも）や、リストラに遭《あ》ったお父さんたちも、自分を社会に参加させたかったら、この「感謝の気持ち」を養うことが大切。

私も仕事や人間関係がうまく行かなくて悩んでいたとき、この「ありがとうの不思議」を体験しました。家で掃除しているときや、お皿洗ってるとき、または外を散歩しているときに、「ありがとう、ありがとう、ありがとう、ありがとう」

と、声に出して言い続けるのです。

誰に対してってわけじゃないけど、とにかく「ありがとう」を言い続けることで、不安や憎しみ、悲しみや悔しさ、残念な気持ち、といったネガティブな感情が消えて行く。

しまいにゃ、そんなことをぶつぶつ言いながら歩いてる自分がおかしくなって、「ぷっ」と、笑いがこみ上げてきます。自分を笑えたらしめたもので、人は自《おの》ずと前向きになり、やる気も出てくるものです。

ちなみに気功の先生は、一日二万五〇〇〇回「ありがとう」を言っているそうな。お風呂に入りながら(笑)。まあ、そうとうの達人でない限り二万五〇〇〇回なんて言えないと思うけど、とにかく「ありがとう」と、声に出して言ってみて下さい。

実際に人に「ありがとう」と言うのも大切だし、毎日いろんなものに感謝しながら、「ありがとう」と繰り返す。この言葉は「感謝の気持ち」以外のなにものも入る余地がない、非常にシンプルでパワフルなものなので、その効果は絶大。

たとえば会社や、狭い世界の人間関係でなんかいやなことがあったとき、そのことをぐーっと考えちゃって、自分にいやな思いをさせた人を恨むでしょう。そんなときは「ありがとう」でその「思い」を頭から追い出してください。爽やかな時間が戻ってきますよ。お試しあれ！

恨み、つらみを「ありがとうの不思議」で追い払う

45 相手のいやな面より、いい面に注目する

仕事関係でも、プライベイトな関係でも、男でも女でも、うまくやろうと思ったら、仲良くしようとしたら、相手の立場になって考えてみればいい。要は想像力なのです。

よく、「彼氏の気持ちが分からない」「彼女の気持ちが分からない」と悩んでいる人たちがいますが、「だって異性なんだもの、分かるわけない」とあきらめる前に、想像力をたくましくしてみてください。

もし、自分が男だったら、女だったら、そして自分が相手の立場だったら、「こんなのが恋人（もしくは結婚相手）だったら、けっこうヤかも」。

そういう事実が分かったら、ゴーマンにはなれないはず（笑）。うちの夫婦はこの事に気が付いてから、お互いに感謝するようになりました。

「こんな女と（男と）結婚してくれてありがとう」

ってね。

まあそれ以前に恋愛関係があるのですが、自分が男だったらこういうことをして欲しいだろうな、というのを想像してみると、ラブラブ作戦は案外うまく行くと思います。男って案外単純で、扱いやすいものなんですよ。また、女性に対しても男性は、意外とどんな女でも、典型的な女つまりフツーの女が喜びそうなことをすると、喜ぶものです。

そのココロは、

「恋愛とは、これ、超原始的なもの」

ですからね。

さて、女同士の付き合いもどうでしょう。親友との関係、会社での付き合い。どれも、相手の立場や人間性をよく知った上で、その気持ちを分かってあげることが大切なのではないでしょうか。

もし、自分が彼女のような生い立ちで、ルックスで、現在の状況だったら、どんな気持ちになるか、と想像してみると、たとえ親友が近頃超ヤな感じで、煮ても焼いても食えない女になってきたとしても、許せるでしょう。その、「わっけわかんない話」も怒らずに聞いてあげられる。

これは「同情」とは違う質のものです。「思いやり」なのです。たとえば彼女が、自分のプライドを保つために嘘ばっかりついたとしても、「まったく、ウソばっかりついてなんなのよ!」と相手を責めるより、「嘘をつかねばならないほどの状況に追い込まれた彼女」に思いやりをもって、優しく話を聞いてあげる。

ま、ものには限度がありますから、自分が嘘をつかれて嫌な気持ちが友情よりも勝ってしまったら、そこでもうしばらく付き合いをやめるべきなのですが、まずは「思いやり」を持って「許してあげる」ことが、付き合いを続けるコツです。

そして相手のいやな部分より、いい部分に注目してあげましょう。「この人はウソつきだけど、話面白いから楽しくていいや」、とか、「とりあえず雰囲気が派手で座持ちがいいから、ま、いいか」と考えてあげる。あるいは、超地味で座持ちも悪くても、「あんな正直でいい人いないから、退屈でもいい」と、考える。

相手の立場になって考えると、好きな人が増えるでしょう。そして相手も、自分のいいところを認めてくれて、好いてくれる人には少なからず好意を抱くものです。そうやって、人間関係というのは円滑に進んでいくものなのですよ。

日本人は他人との距離の取り方が下手だとよく言われます。付き合いが始まるといきなり土足で人の心に踏み込むような真似をするかと思えば、親しい誰かがつらい状況のとき助けを求めていても、面倒なことにはかかわりたくないと知らん顔したり、知らない人は人間とも思わなかったり。

でもこれからは、そんなココロ寂しい日本を、私たちの手で変えて行くべきなのです。誰に対しても思いやりを持ち、相互理解と人間愛を創造していけば、かならずやこの世知辛いニッポンを、ハッピーな国に変えられるでしょう。

「思いやり」と「同情」の違いを知る

46 ちょっとした親切とプレゼントは惜しみなく

人間関係をうまく行かせようとしたら、これは本当に大切です。あまり行き過ぎた好意や、もらって困るようなプレゼントはありがた迷惑でかえって人間関係にヒビが入りますが、ちょっとした親切やプレゼントは、誰にとっても嬉しいものです。

人を嬉しい気分にして、自分も嬉しくなる。こんな簡単にハッピーになれることって、ほかにありますか？

人間関係のきっかけも、こんな「ちょっとしたプレゼント」や親切から生まれることがほとんどです。仕事関係ならばその「仕事」がきっかけになりお付き合いが始まるのがほとんどでしょうが、プライベイトな関係となると、これなくしては始まらないでしょう。

特に同性の場合、おごるのも変だし、割り勘でお茶しにいったり食事に行ったりするよりは、効果大。私の思い出深い「付き合いの始まり」は、高校時代に遡《さかのぼ》ります。

高校時代の親友との関係のきっかけは、彼女がおにぎりをくれたことでした。クラス替えがあったばかりの頃、私は彼女から休み時間、

「ほらこれ、今朝作ったんだ。炊き立てのごはんで、すごくいいタラコ使ったから、美味しいよ」

と、アルミホイルにくるまれた大きいおにぎりを渡されたのです。早弁タイムでした。

「ほんとだ、美味しい」

「ね」

それは本当に、超フレッシュなタラコがたくさんはいった、美味しいおにぎりだったのです。

現在の親友とも、もう一〇年以上の付き合いになりますが、きっかけは、彼女が会社から私に、

「そろそろ桜もほころんできました。一緒にお花見に行きませんか？」

と、ファックスをくれたことでした。親友とは共通の友達のホームパーティで知り合ったのですが、そこで交換した電話番号でした。今なら多分、メールなのでしょうが。

「お弁当は私が作ります」

と、書き添えてもありました。彼女が作ってきたお弁当は、ラズベリージャムとクリームチーズが挟まった、二種の簡単なサンドイッチだったのですが、二人で桜を見ながら食べたらそれは、すごく美味しかった。

人間、どんなに大人になっても、グルメの限りを尽くしても、こういう食べ物は、一生の思い出となるのです。今はなんでもコンビニで売られている時代ですが、だからこそ、手作りの食べ物は、人の心を打つのではないでしょうか。

　今でも彼女とはよく食べ物を交換しています。我が家も少人数だし、彼女も一人暮らしだから、作りすぎたおかずや、いただきものを分け合っているのです。そのほうが目先が変わって色々食べられて、食傷も避けられますからね。一人暮らしの人は、ぜひこれでお友達を増やしてください。

その他、私の場合、ちょっとした贈り物は、旅のお土産だったり、可愛いお菓子だったり、うっかり買っちゃったけどどうしても自分には似合わない洋服だったりと、多岐にわたりますが、それをあげたときの相手の喜ぶ顔が見たかったり、ただ自分が誰かになにかをあげたかったり、してあげたかったりするだけなので、見返りは期待しません。

逆に、なにか良くしてもらったことに対するお礼は、その倍返しするくらいのつもりでします。これは、「借りを作りたくない」という気持ちももちろんありますが(借金しているようでいやなのです)、相手に「ソンしちゃったな」という気持ちを抱かせないためにも、大切なこと。「こんなによくしてあげたのに、あんまりありがたがってないみたい」と思ったら、人は損した気分になってしまうものです。

だから人間関係を円滑に、末永く「ええ感じ」に続けるには、「親切とちょっとしたプレゼント」は、ほんとに大切なのです。ただスキルの問題ではなく、感謝の気持ちや、好意、お祝いなどの気持ちを表すためにも、大切です。そして贈り物でも親切でも、人に何かしてあげるのは、とても気持ちの良いことなのです。自分がハッピーになるためにも、まめに贈り物や親切はいたしましょう。

結婚している人は、向こうの兄弟姉妹、特に姑には「付け届け」が大切です。気の利いた贈り物、季節のお菓子やアンチエイジング化粧品など、特にありがたがられるでしょう。母の日や誕生日のお花など送る（フラワーサービスに電話一本で済みます）のも忘れてはなりません。特に男の子しかいない家のお母さんには、効果的です。男の子はこんなこと、しませんからね。

嫁に対して姑《しゅうとめ》というのは、「息子を取られたような気分」になっているものです。この「損した気分」を、「得した気分」に変えてあげるのです。人間関係はギブ&テイク。テイク&テイクじゃ成り立たないのですよ。

好意でしたことに見返りを期待しない

47

自分がされていやなことは人にしない

これは人間関係の超基本ですが、結構できてない人がいるものです。誰がどう思おうと気にしない無神経な人は、それだけにたくましく、なにがあっても平気で生きていけそうなものですが、それに傷つけられた人はどうなのでしょう。人を傷つけた報いは、回りまわって必ずその人に返ってきます。これは私が四二年間生きてきて、周囲を観察して実証済み。だから、幸せになりたかったら、自分がされていやなことは、人には絶対しちゃいけないんです。

たとえば嘘はどうでしょう。ウソつきは、嘘をついたことで自分は気持ちよくなるけれど、つかれたほうは気分悪い。

これも、「自分がされていやなことは人にもしない」基本が分かっていれば、できないことです。嫌われる前に、改めましょう。

これはうちの母の例ですが、母は現役時代ばりばりのキャリアウーマンで、いわゆるモーレツ仕事人間でした。それでまあ、家族であろうとも「人のことなんか、かまっちゃいられない」ということだったのでしょうが、とにかく傍若無人《ぼうじゃくぶじん》だったのです。

父の死後それはエスカレートして、自分のペースだけで生活していました。寝るまで仕事をして、お風呂入って、家族が帰って来ようとこまいと、家中の電気を消して寝てしまう。もちろん、玄関の明かりまでもです。

私は一〇代の頃より慣れてましたので、母のこういうやり方はなんとも思わなかったのですが、うちのダンナがかつて一緒に暮らしたとき、物凄く傷ついたようです。

「理香ちゃんママ（と彼は私の母を呼んでいる）、ひどいよね。玄関の表の電気くらい、つけといてくれればいいのに」

と、たびたび言っていました。

私は母の人間性をよく理解しているので、仕方なく真っ暗い玄関で、見えない鍵穴をごそごそやっていたのです。母の考えはこうでした。

「この家は私の家。私より遅く帰ってくる者になんか、同情の余地はない。まったく、稼《かせ》ぎも少ないくせに図々しいわよ」

でも、稼ぎが少なくたって、夜中まで仕事をして帰ってきて、家が真っ暗だったら自分だっていやでしょう。それは、家族がいないも同然なのです。

そのほか一般例として、待ち合わせの時間に何時間も遅れて心配かけたりイライラさせたり、自分が気分よくなりたいからって近しい関係の人に卑《いや》しめるようなことを言ったり、したり。これらは実際的な暴力でないにしても、精神的なドメスティックバイオレンスだと私は思います。

当然、傷つけられた人は病気になります。実際的な暴力じゃないにしても、長年にわたって心が傷つくと、体を壊してゆくのです。癌やアトピーなどアレルギー性の病気だけでなく、婦人科系の病気や、鬱《うつ》病、摂食障害《せっしょくしょうがい》など心の病も、家族の精神的暴力が原因になっていたりするのです。

よく、外面《そとづら》だけよくて家族には「ひどい人」というのがいますが、本当は、近しい関係になればなるほど、人間関係のマナーが大切になってくるのです。肉親でも、慣れ親しんだ夫婦でも、今日の予定は必ず伝えておく。どこに出かけて何時くらいに帰ってくるか、食事はいるのかいらないのか。予定が変わるようなら連絡する。それくらいは必要最低限度のマナーなのです。

相手に心配をかけない。惨めな、寂しい気分にさせない。いいところは認めて褒《ほ》めて、気分を良くしてあげる。これは人間関係の基本で、「家族」や「友達」がいてよかったなぁと思える要《かなめ》なのです。

いつも相手を自分だと思って接する

48 お為《ため》ごかしをしない、偉そうにしない

人間関係を円滑に進めるためには、相手の心証を害さないことです。心証を害してしまったら、

「もういいや、あんなやつ」

となってしまうからです。

「もういいや」

と思われたら、所詮《しょせん》は他人です。付き合いはなくなるでしょう。それを超えての付き合いというのはよほどの悪縁か、恋愛関係、腐れ縁、ぐらいのもの……。

さて、では人が心証を害するのは、はたしてどういうときなのでしょうか。人はまあさまざまですが、私の場合は、「お為ごかし」をこかれたときと、「偉そう

にされたとき」です。普通に考えてこの二つは、人に対するリスペクトがあったなら、けっしてできないことなのですが、けっこうする人がいるので驚きます。「お為ごかし」という言葉を、みなさんご存知ですか。人のためにするように見せかけて、実は自分の利益のためにそうすること、です。まあもちろん、日本の伝統であるお中元やお歳暮なんかその最たるものだし、嫁の姑に対する「付け届け」も似たようなものでしょう。でも、親しい関係における「お為ごかし」ほど、むかつくものはないんですよ。

たとえば、かったるくて、人のために何かしてあげるなんてごめんこうむりたい、誰かになんかあげるなんて、なんでそんなソン私がしなきゃなんないのよ、と思っていたら、しなければいいのですよ。特に、

「あの子は私よりラッキーなんだから、これ以上喜ばせるなんて癪《しゃく》だわ」

という卑屈な気分や、逆に、「優越感を感じるために哀れみをかける」ような、傲慢《ごうまん》な気分にあなたがなっていたとしたら。

誰も哀れみなんて欲しくないし、本当は何もしてあげたくないのに付き合いで仕方なくする、というのは、真心のこもらない行為や贈り物から、相手にはバレ

てしまうものですから。相手に寂しい気持ちを味わわせ、嫌われるくらいなら、なにもしないほうがまだましなのです。

それを、さも相手のためを思ってわざわざするようなことを言いながらされたり、なにかつまらないものをもらったりすると、誰だって心証を害します。めんどくさいけど、自分が良くも思われたいっていう気持ちが見え見えで、ホントにいやになってしまうのです。

なにか聞かれたとき、偉そうにするのも最悪です。得意分野というのはそれぞれあって、人は自分が不得手《ふえて》なことは、得意な人に聞きたくなるものです。それが友達だったら聞きやすく、頼りにもなります。本当に知的な人というのは自分の持つ知識をたんたんと、必要な人に教えるだけですが、似非《えせ》インテリは、なにか聞かれると、

「ほらみたことか、この無知めがっ」

と、鬼の首を取ったように得々と自分の持つ知識をひけらかします。そしてなぜだかそういう人の偉そうに話す知識は、実際には使えなかったりするから不思議なものです。

頼まれごとをしたときもそうです。この人はこれが得意だからと頼んで、いいかげんなことをされたら、もう二度とその人に頼もうとはしないでしょう。めんどくさくてイヤだったら、最初から断ればいいのです。

断るのも角《かど》が立つと思って、あるいは太っ腹なところを見せようと引き受け、その仕事のおそまつさから信頼を失うより、なんぼかマシです。人との信頼関係は、信じて頼る、というその文字の通りです。信用できて、気分良く頼れなければ、成り立たないものなのです。信頼関係を築けない人は、だんだんと「誰からも何も頼まれない人」になってゆきます。

けっして偉ぶることなく、自分の持っている知識や技術を誰かのために誠意を持って使える人、それを「マイプレジャー」と喜びに感じられる人は、いつまでもみんなに頼られ、信用されて、いい人生を送ることができるのです。あなたは、どっちの人間になりたいですか?

知的な人は、自分をよく見せようとはしない

49 損してる気分を感謝の気持ちに変える

炊事、洗濯、掃除。男の人と暮らし始めると、やらなきゃならないことが二倍に増えて、青息《あおいき》吐《と》息《いき》。

女の人より男の人はタチが悪いのです。ぜーんぶお母さんがやってくれちゃった癖が抜けず、脱いだものはそのまんまそこにほっぽらかしておくし、ただそこにいるだけで、なぜか女の人より散らかっちゃう。そして、どんなに部屋が散らかっていようと気にもしないし、片付けようともしない。

キャリアウーマンである私の友人は、子供が生まれて仕事と家事と子育てに追われ、「旦那の面倒まで見切れない」と、とうとう別居を決意。夫をマンションに残し、子供を連れて両親のもとに帰ってしまいました。でもほんとうにこれで、いいのでしょうか。

私は、幸せの基本は、夫婦仲がいいことだと思います。夫婦がいつも一緒にいて、協力し合っていること。これが大切なのです。実家に帰ればそれは楽でしょう。子供の面倒も、お掃除も親まかせ、自分のごはんすらお母さんに作ってもらって、自分はまた仕事にだけ熱中できるのですから。

でもそれで、ほんとうに「いい仕事」ができるとは、私にはとても思えません。確かに形と分量だけは、いい仕事がばりばりできるでしょう。でも、長い目で見たハートのある仕事は、できるようになるとは思わないのですよ。

まあ営利主義のこのご時世、儲かる仕事ができる人が「いい仕事をする人」なのでしょうが、それは人の心にとって、あまり意味のあることとは思いません。

まずは、本人が幸せにならなければ、世の中を幸せにすることなんかできない。これはなんの仕事でも同じだと思います。人のためになることをする。これが「いい仕事」の基本だからです。それに対して報酬があるわけで、「うまいことやってお金儲けて美味しい思いをする」というのは、詐欺の一種です。

日本は高度成長期よりその精神性を失い、受験地獄で育った人たちが、男も女も、ただ勉強だけ、仕事だけできればよしとして、生活能力を失った状態でいます。エリートになればなるほど、この傾向は強いといってもいいでしょう。つまり、専業主婦であった母親が、すべての面倒をみて、

「あなたは勉強だけやってればいいのよ」

と言い育ててしまった。

そういう子供たちが大人になると、家事はお金にもならない、くだらないこと、自分がやるべきことじゃない下働き、ただ面倒なだけのつまらないこと、となってしまい、せっかく気の合う人と結婚して子供まで作ったのに、その生活を楽しめなくなってしまう。四〇にもなって親離れできないエリートがこんなにたくさんいる先進国なんて、日本くらいじゃないでしょうか。

私は、家事は「人が生きることそのもの」だと思います。生きていれば、一人暮らしでも二人でも三人でも、炊事、洗濯、掃除は、しなければならないのです。それなくして、生活はなりたちません。それをまったく人任せにして、いいのでしょうか。

私はよくうちのダンナにも説教しているのですが、その能力がないことを恥ずかしいとも思わない人は、反省したほうがいいのです。ただお金が稼げれば偉い

という、これまでの価値観はなくなるべきなのです。

苦手意識というのは、最初は誰にでもあります。でも、男の人だって、楽しめるようになるところまでやれば、それはクリエイティブで、とても気持ちの良いことだというのがわかってくるでしょう。

それでも、いまさら彼を教育して変える労力を使うくらいだったら、自分がやっちゃったほうがいい、と、思う女性も多いでしょう。それくらい、日本の男はテコでも動きませんからね。そうしたらもう、損してる気分を、感謝の気持ちに変えるしかないのですよ。

炊事、洗濯、掃除、どうせ一人でもやらなきゃならないことだから、誰か喜んでくれる人がいて私は幸せだ、と思うことです。何もできない男性は、少しでもヘルプしようと努力すること、そして、感謝の気持ちを忘れず、それを表現することです。

してもらうことに慣れてしまい、感謝の気持ちを忘れてしまったら、それこそ一方通行の「徒労」に終わってしまいますからね。してもらえることのベースには、「愛」があるのをお忘れなく。そしてもしそこに夫の、

「だって家に金入れてるんだから、やってもらって当然じゃん」

という気持ちがあったら、もう夫婦関係の平等性はそこで壊れていますので、別れて、旧来の「ご恩と奉公」の関係に甘んじてくれる女性と再婚したほうがいいでしょう。

あくまでも、二人が共に生きるために協力し合ってるんだということを、お忘れなく。

「家事をさせられている」という被害者意識は捨てよう

50 愛される正直者になろう

よく、「正直者はソンをする」なんていいますが、そのソンとはいったいなんなのでしょうか？　素直に感想や感動を表現したことで、「案外単純でバカなやつだな」と人に見下されたり、「センス悪い」と思われたり、自分を正直に語ることで「気取ってるけど実は庶民的な人なのね」とガッカリされることでしょうか。

私の知り合いで、「人にどう思われるか」がつねに気になり、相手に合わせて「自分」をころころ変える「ウソつき」がいまして、その人はいつも言っているんです。「いい人」は人に利用されてソンするだけだから、「私は人に憎まれても性格悪く行くつもり」と。

私も以前はそうなのかもしれないと思っていました。というのも、世の中にはほんとに「いい人」をだまして儲けようとする悪い人がけっこういたりして、泣き寝入りを強《し》いられることもあるからです。「正直」に生きたところで世の中にはたくさん「大ウソつき」がいますから、そういう人にこっちがウソをついていると言われれば、「ウソつき」にされてしまうこともあるのです（なにせ相手はウソつきですから、口が達者です）。

私もこういうつらい経験がありまして、「やっぱり、正直者はソンをするんだ……」と思って、落ち込んでしまったことがありました。でも、その後、

「正直者、一瞬ソンはするけど、結局はお得ということですし」

という事実に気づいてしまったのです！

ウソつきは、自分をよく見せるために嘘をついたり、相手を欺《あざむ》いて自分に都合のいいように物事を運ぶため嘘をついたりして、それでちょっと得をしたところで、結局はソンをしているのです。それも、大きなソンです。

人間にとって「大きなソン」とは何だと思いますか？　それは、「人に愛されなくなること」。つまり、人に信用されなくなることです。人と人との愛も友情も、すべて「信頼関係」にあるのです。信頼できない人に、人は心開くこともな

いですし、親しい関係で嘘をつかれたくもないので、だんだんと疎遠になっていきます。

だからウソつきは、最終的には一人ぼっちになってしまうんですよ。こそこそ嘘ばかりついて回って誰とも深い付き合いをしないから、八方美人で新しい知り合いは次々とできるものの、長く付き合ってくれる友達やパートナーにも恵まれない。それどころか、肉親からも敬遠されることになってしまう。

さらに恐ろしいのは、「類友の法則」で、「ウソつき」のところには「ウソつき」がやってくるのです。つまり、「自分が誰かをだまして得をしているように見えて、自分もいちばん近しい人からだまされて利用される」という現実を呼び込んでしまう。人生楽しいようでいて、実はすごく不幸なのです。

嘘をつくことによって大好きな友達からも嫌われ、新しい仲間からも結局は見下され、軽く扱われることに。誰かに出会うたび、自分を魅力的に見せるためついた嘘は付き合いが進むにつれ次第にバレますからな。人は大きな「？」を残して去っていく。

それでも嘘をつき通して、「私って誰よりもイケてる最高の女！」と、一人で鏡の前で思ってる人に、あなたもなりたいですか？

それよりも、今日から「正直者」になりましょう。正直者は、いやな人からはバカにされ利用されるかもしれないけど、やがては多くの「いい人たち」に助けられ、愛されて信用され、豊かな人生を送ることができるのです。

なにしろ嘘をつかなければその嘘を取り繕《つくろ》う必要もないし、日々スッキリ生きられる。これだけでもお得でしょ？

人間はどんな人でも「その人らしく」生きることが、何よりも魅力的なのですよ。

嘘をつく人は、嘘をつかれる

51 「怒る」より「許す」

最近世界中で注目され始めた、インド五千年の健康法アーユルヴェーダ。その教えは深遠かつ壮大なもので、人がよりよく生きるための知恵の宝庫です。

アーユルヴェーダの教えでは、怒ることはいちばん健康に良くないといいます。いくらイヤな人がいたからといって、その人に対して怒り、自分の健康を害したらとってもソンなので、怒らずに許したほうが、なんぼかマシなのだと。

性格の悪い人というのは、人を困らせたり意地悪を言ったりしたりして、それでその人がほんとうに怒ったり悲しんだりするのを楽しむものです。なぜなら、自分が不幸だから。人間は、みんなも自分と同じになって欲しいと願うものなんですね。

でも、どんなに仲がよくても、こんなプレゼントは受け取らなくっていいんです。その人の嫌がらせによって病気になってしまったら、もう思うツボというわけです。

これがまあ、往々にして、性悪《しょうわる》な人っつーのは本人「無自覚」であることが多く、家族に対してさえ、じわじわとストレスを与え続けるケースが多いのだといいます。家族というのは、本来、愛し合っていて当然なはずですが、こういう人たちは愛をはき違えているのでしょう。私は、愛は「人を生かすこと」だと思っています。いやな思いをさせて、じわじわと殺すことではないのです。

とはいっても、そういう性格の悪い男なり女を愛してしまった、または家族の中にそういう人がいる、はたまた仕事関係でどうしても付き合わなきゃなんない、という場合は、この人たちにムカつかない方法を、自分なりにゲットしなければ、ハッピーではいられないでしょう。

そのひとつに、

「ああこの人は、私の反面教師になってくれているんだな」

と思う方法があります。なにしろ性格悪い人は醜《みにく》いですから、ああいう風にはなりたくないと思うと、それを見せてくれるのをありがたくさえ感じる。

そして「どんな人でも許すことができる」よう、自分を成長させてくれる大切なレッスンだと思うと、毎日の不愉快さも「つまらない学校の授業のようなものだ」と思うことができます。

いちばんいいのは、相手がどんなに悪くても、許して忘れてしまうことです。ちょっとぐらい悔しくても、忘れてしまったほうが結局はお得ということなのです。なぜなら、不愉快な時間は最小限で、すぐまた自分の幸せな生活に戻れるし、そんなつまらないことで健康を害することもないですからね。

不愉快な時間を過ごすのは最小限に

Part 4

「幸せの才能」を育てる

仕事でもプライベイトでも、
「なりたい自分」になる！

52 自分がハッピーになれることに目を向ける

ものの見方が変わると、感情が変わり、感情が変わると、人生が変わる。

なんかの映画音楽に、♪いつも人生の良いところだけを見てゆこう♪って歌がありましたが、本当にこれが、人生を楽しく生きるコツなのです。

ものごとには必ず、いい側面と悪い側面があります。その悪い側面にばかり注目して不満を感じ、文句を言ったり、自分は不幸だと嘆いたりしても、ちっとも人生は好転しないのです。それよりいい側面に注目すると、ああ嬉しいなぁ、自分は幸せだなぁと思えてくる。すると、幸せな「思い」は幸せな「事象」を作り出すので、その人は次第に幸せになっていく。

「二十一世紀は、人間の想念が現実を作る」

と、一五年くらい前に横尾《よこお》忠則《ただのり》先生も言ってたような……。

思いがけない不幸に見舞われたときは、それは自分を成長させるために神様が与えてくれた大切なレッスンだと思ってありがたく対処すること。そしてどんなにつらい状況でも、その中から「まんざらでもない部分」を探し出して、それに注目することです。

たとえば、今の日本に生まれた人は、それだけでラッキーなのですよ。同じ日本でも戦時中に、現代でも中東に生まれていれば、戦禍《せんか》で傷つき食べ物もなく、家族や愛する人を失ったりで、ずっとひどい目に遭《あ》っている。

とまあ、そこまで極端な比較で考えなくても、私はきれいな夕日が見られただけでも「ラッキー」と思います。こんなエエもん見せてくれて神様ありがとう！って。いやな人のことや、今日あったいやなことばかりに思いをはせているより、美しい風景や、きれいなお花、可愛い動物など、自分がハッピーになれることに注目したほうがいい。

また、ものごとの悪い側面ばかりを見て怖がっている人は、小耳に挟んだ怖い話、どこかで見た気持ち悪い人や悪霊の話ばかりしますが、これは不幸の伝達なので、耳を貸さないことです。

それよりも奇跡的な成功や、いいスピリット、エンジェルや妖精の存在を信じましょう。そのほうがずっと、優しくてハッピーです。ものごとはなんでも、見ようと思わなければ見えないもの。だから、いいものを見たほうが得なのです。

つらいことが起こるのは、自分を成長させるため

53 生まれてきた「使命」について考えてみよう

　自分はなんのために生まれてきたのか……この疑問は物心ついたときから、ずっと私を悩ませていました。それが見つからなければ、生きている意味なんかないとさえ、若いときは思ったもんさ。

　それで「生きがい」を見つけるべく試行錯誤していました。もちろん若い頃はそれが「恋愛」でした。愛する人のために何もかも捧げて（自分の人生、全エネルギーを）、その人が死んだら自分も死ぬ、ぐらいの勢いで……。

　で、その恋愛が破綻《はたん》したとき、私はマジで、もう死んでもいいような気がしました。「生きてても、意味ないじゃーん」みたいな……。しかし人間そうそう死ねるもんでもないわけで（生命力とか寿命があるからね）、どしたらよかんベー、という時期を（二四、五歳）私はニューヨークで過ごしたのです。

そして考え抜いた挙句《あげく》、私の今やっているライフワークと出会ったというわけ。私は恋愛しつつも、日本男児のあまりの男尊女卑的価値観に辟易《へきえき》してたし、傷ついていた。一方で、親ぐらい年の離れた恋人に甘やかされることによって、いい年こいてアイデンティティすら失っていた。何も見えず、何も見つからないまま、二四歳にもなってしまっていたの。

美大は出たものの、なぜかデザインの仕事はまったく興味が持てず、なにをやったらいいかさっぱりわからない。たまたま文章が書けて映画好きだったから、ま、映画評論家にでもなるかと思ってやり始めたけど、それもピンと来なかった。そして結婚。もう自分にはオトコを愛してその世話をするくらいしか、できることなんかないんじゃないか、と思ってした結婚式だったけど、入籍する前に別れちゃった。それも原因は、私の浮気。

その浮気相手とニューヨークくんだりまで逃げたものの、わずか三ヵ月で破局。私ってほんとに、なんにもできないロクデナシなのかもー!

でも、失恋しメチャクチャになってゲイクラブで踊り狂っているうちに、やるべきことが見えてきた。それは、私とおんなじように苦しんでいる人たちを、私のできることで救うこと！　幸い私は文章を書くことが好きで、上手かったから（手前ミソ）、書くことを通じて人を勇気づけるようなメッセージを伝えていこうと思った。

その頃私は、美大出ということで映画評やアート情報、ニューヨークのトレンド通信などのライターをしていたんだけど、小説を書き始めたのはニューヨークに行ってから。帰国してからは雑誌のルポやコラムを書きながら、ちくちく小説やエッセイを書いていた。それで初めての本が出たのが二九歳。その頃からは、雑誌等でしゃべることによって、メッセージを伝える仕事も増えてきた。

今でも一貫して、「人様の役に立つ情報」を伝えたり、人を勇気づけたり、ハッピーにするいいメッセージを伝えるために、書いたりしゃべったりしているわけです（ま、できる範囲で、ですけどネ）。

そんな私が、三〇代中盤で一瞬へこんでしまってたのは、私がこの、「本来の使命」を忘れていたから。折りしも世の中不況で、編集者はみな売れるの売れないの、賞取るの取らないのと、そればかりを気にするようになり、私も彼らの言うとおりに頑張らないと「生き残れない」なんて思ってしまった。このままダメんなって「死んでしまう」と。

だから賞狙いの小説を書くのに無駄なエネルギーを使ったり、売れる本を書くためにはどうしたらいいか、なんて話し合いで擦《す》り切れたりしていたの。それでまた落ち込んで、どんどん調子が悪くなっていった。

でもそういうのを一切やめて、『地味めしダイエット』の出版を機に、ストレートに人のためになるものを書き始めたら、またどんどん仕事が入ってくるようになった。とまあワタクシ事を言うとこんな経緯で、私は自分の使命を知り、実行しているわけです。

人は誰でも、「使命」を持って生まれてきているといいます。だから、それをなるべく早く見つけて、実行すると、生きがいを感じて幸せになれる。「使命」か「使命」じゃないかの見極めポイントは、やってみて「わくわくするかどうか」。わくわくして楽しくて、時間のたつのを忘れられたら、それがあなたの「使命」。

私はこれ、ニューヨークで小説を書き始めたとき、感じたの。「これだ！」って。私のデビュー作の原型になった短編小説だったたんだけど、それを書き始めたときの面白さ、楽しさったらなかった。これなら一生続けていけるって思えた。

それさえゲットできれば、あとは人生追い風、トントン拍子でうまくいくようになる。違う方向に進んでいるときは、悪いことばっかり起きてつらくて悲しくて苦しいの。経験者は語るけど、これほんとよ。

上手くいかないときは、幸せになるための〝気づき〟の時期

54

人は人、自分は自分と割り切る

幸せになりたかったら、絶対やっちゃいけないのが、他人と自分を比較することです。比べるから誰かにコンプレックスを感じ、憧れ、嫉妬し、卑屈になったりイジケたり、その裏返しで大切な誰かを貶《おとし》めたりイジワルをしたくなるのです。

そしてこれらネガティブな感情で苦しむのは、他ならないアナタ自身。自分で自分を傷つけてどーするっつーねん？　その傷を癒しにヒーリングものに通いまくり、散財してお財布もカラッポんなって、どーするっつーねんね？

まあでも、気持ちは分かります。この競争社会に生き、小さい頃から誰かと比較され、甲乙つけられてきたんですもんね。私なんかでも、うちの親は、「○○ちゃんが持ってるからって欲しがるなんて……アンタはアンタでしょう！」

といつも教育していたにもかかわらず、人のことが気になる、人の持ってるものがつい欲しくなる、当たり前の子供でした。

その後は親の教育が成功して、「自分は自分」と、あまり人のことは気にせず、自分の幸せだけを追求できていたのですが、やっぱり仕事を始めてから、つねに誰かと比べられるようになってしまった。それが私の心をある時期、悩ましたのです。

人と自分を比べるようになると、つらくて苦しくて不安で、本来の目的（なんで私がこの仕事を選び、やっているか）を忘れてしまう。それは本当に無意味で、不幸なことです。これはどんな仕事をしている人にも、通ずることなのではないでしょうか。

でも今は、人は人、自分は自分、と心から思えます。だから自分の仕事がどんなに地味でも、「私は自分の夢を果たしている」という達成感があります。だから幸せなのです。

普通に結婚して子供を生み、専業主婦をしている人も、それが夢だったのなら、幸せなのです。家族を思い、真心を込めて一生懸命やれば、家事だって立派な仕事。外で仕事をして派手に生きてる友達を、羨ましいなんて思うことはない。だいたい隣の芝生は、青く見えるものなのですから。

イジワルな誰かに比べられて落ち込まされても、自分を強く持って、気にしなければいいのです。お金や権力や名声だけをサクセスと思わないで、コツコツ、自分の幸せを追求しましょうね。

他人と自分を比較するのが不幸の始まり

55 お金と上手につきあう四つのポイント

まず、「お金はエネルギーである」ということを知ることです。昔から「金は天下の回り物」というのは、そのせいなのです。だから貯め込んじゃダメで、気持ちよく効率よく「流す」のがポイント。

これは「気」の流れとおんなじで、貯め込むと滞《とどこお》ってしまうのです。気功は「気」の流れを良くするために、呼吸法とイメージングを合わせてしますが、それをすると体調が良くなるのと同じように、お金も正しく気持ちよく使うことができるようになると、生活全般が心地よくなり、人生までも変わってきます。

我が家の税理士の先生も、「お金は貯めると腐るから、きっぷよく使ったほうがいいし、それは世の中の活性化にもつながる。でも、税金分くらいはとっときな」と言います。お金のプロが言うんだから本当なのでしょう。

そう、先生に言われるとおり、我が家は貯金には興味がなく、稼いだら美味しいものを食べたり旅行したり、誰かにプレゼントしたり趣味に興じたりで、ガンガン使ってしまいます。でも、お金に困ったことはないのです。それは、ポイントをはずしてないからだと思います。これは気功の先生に聞いたお金の使い方のポイントです。

①華美な生活はしない
②賭け事はしない
③お金が儲かったら謙虚になる
④寄付をする

この四つを守っているのです。というか、①と②に関しては最初から興味がなく、③は当たり前のことで（お金持ちになったらいい気になって威張るなんてダサすぎるからね）、④は三十八歳から始めました。

もともと、高価なブランドものや宝飾品には興味がないから、華美な生活をしようにもできないのです。洋服は代官山《だいかんやま》あたりの安い若者ブティックで買うし、特に夫などたいていジャージ（カメラマンは肉体労働なので）、お酒も飲まないし女にも興味がないから銀座のクラブに遊びに行ったりもしない。高級レストランでお食事したりも、よっぽど特別なお祝いでもない限りしないし、旅行も安いエアチケットを買って、向こうに着いてからコテージを借りたりするので安く済みます。

コテージを借りるようになったのは、「地味めし」を実践し始めてから。ヘルシーでオーガニックな食生活に慣れてしまうと、外国に行くにしてもオーガニックストアのある町に滞在して、自分で作れるキッチンのあるところでないと、だめんなっちゃった。

まあ何日間かくらいならいいけど、一週間、二週間となると、三食外食だと太るし、うんざりしちゃうし、体調も崩すと、いいことナス、なのです。だから普段の生活と同じように、昼間日当たりのいいレストランやカフェで外食を楽しみ、朝と晩はほとんどコテージやキッチン付きのホテルで食べる。これは別にケチでやってるわけじゃなくて、そのほうが楽しいし、楽だし「うんざりしない」からです。

夜のレストランはドレスコードもあるし、けっこうきっちり食べないといけないので疲れる。その点、コテージでは好きなものを好きな格好で適当に食べられ、食べたらごろっと横になれます。そのあと街に散歩に出たかったら出ればいいし、庭で星を眺めることもできる。旅行先で料理をするのは絶対おすすめですよ。地元の食材を買うのも楽しく、日本から材料を持ってって、和食を外国で食べるのもオツなもの。

旅行中一回は、ドレスアップしてディナーに行きます。地元の人に聞いて「一番いいレストラン」と言われているところか、ホテルだったらメインレストランで。この程度でじゅうぶんなんですよ、贅沢は。毎日続くとうんざりしちゃって、それはすでに「贅沢」ではなくなってしまう。バランスが肝心です。

まあ人それぞれ価値観があって、お金の使い方も千差万別ですが、いわゆる旧来の使い方、「人が羨ましがるようなお金の使い方」はよろしくないと思うのです。それはつまり、自分の心地よさのためではなく、見栄のため、「人に見せびらかすために使う」ことだからです。

それと、「将来のために貯める」というのね。ケチケチして、今を楽しむことをちっともしない。ある程度心地の良い生活をして、それで自然に貯まっちゃったお金ならいいけど、「老後を考えて」とか、「働けなくなったときのために」とか、その不安をいつも考えて、暗～い気分でお金を細かく細かくセイブする。これはホントに、寂しくてつまらないことだと思います。

稼いだお金は楽しく気持ちよく使って、「ばかばかしい」と思うお金の使い方はしない。「ばかばかしい」値段のものは買わない。これだけで、お金とはうまく付き合っていけるのです。

見せびらかすようなお金の使い方はしない

56 一生続けられる趣味を持とう

若い頃は恋愛と、お洒落と夜遊びで、仕事以外はイッパイイッパイ。習い事をする余裕などなかったのですが、三十路を過ぎてから私は、「一生続けられる趣味」として、お茶とベリーダンスを習い始めました。

それというのも、寄る年波、若い頃のように夜遊びなどしてみても、体力が続かなくなっちゃった。それで夜遊びは卒業したのですが、仕事以外なんにもないのもつまらない。

ということで、まず私はお茶を習い始めました。やってみると最初は、その場の雰囲気がつかめないし面倒な着物は着なきゃなんないし、常識はまったく違うしで、いろいろとたいへんなのだけど、少したってくると楽しさが分かってくる。

「お茶は生活そのものなのね。お行儀やお作法は形じゃなくて、きれいに見えて都合がいいようにできているだけなのよ。全部遊びなの。遊べるか遊べないかなのよ、お茶は」

と、私の師匠は言います。お茶がうまくなるかならないかは、その人の精神性にかかっているというわけ。お茶は知れば知るほど奥深く、いろんな楽しみがあり、美味しいお茶をいただけたときは、ホントに心底ハッピーになれる。

着物を着て居住まいを正し、お茶室に入るだけでも心洗われるし、お茶は今では、月一回のお稽古をできたらパスしたくない大切なものとなりました。

ベリーダンスもしかり。最初は健康のために始めたのですが、今では週一回の「お楽しみ」。いつもの生活とはまったく違う、オリエンタルかつフェミニンな動きで踊るダンスは、ただ健康と美容にいいだけでなく、私を神秘的な世界へといざなってくれます。あの、腰の低い位置にシャラシャラのついたヒップスカーフを巻き、エキゾチックな格好をすること自体が、いい気分転換にもなる。

フラメンコを習っている人も同じだといいます。それはまるで「コスプレ」。週一回でも、あの格好と動きをすることによって、普段の生活では忘れ去られている「女性性」と、「ダンサー魂《だましい》」を思い出すのです！

日本人は年取ると、踊る機会に恵まれないものですが、人間にとって踊りは重要。踊るのは健康にいいだけでなく、楽しいことなのです。習い事としての踊り（ベリーダンスやフラメンコ、サルサやソシアルｅｔｃ）なら、何歳になってもできて、ストレス発散にもなる。

お茶は七年目、ベリーダンスは六年目ですが、やってみて分かった、習い事は、体力がなくてもできる新しい遊びとして心を満たす、人生の宝物だったのです！　小さい頃など親の意思で「させられて」しまうつまらないものだったけど、自分で始める「三十の手習い」は、好奇心を満たし、新しい世界へ自分を招待してくれる、素敵な人生のお友達。

もう仕事ではある程度キャリアを積んでいるけど、そこではまったくの「素人」ということも、新鮮味を覚えます。いままでまったく知らなかった人たちとのお付き合いも始まり、自分の世界が広がることも、楽しみのひとつです。なにを習うかはその人次第。これはもう趣味ですから、自分が興味を持って続けられるものを選びましょう。続けることが肝心です。習い事はなんでも、「面白くなってくるまで」ちょっと時間がかかるものなのです。

でも、いざその面白さを覚えると、もうやめられなくなります。化粧品会社に勤める私の友達は、やはり三〇を過ぎてから、ヴァイオリンを習い始めました。

「ほんと理香ちゃん、音楽は心の友だよ。仕事であったヤなこと、全部忘れられるもん」

と、彼女は熱く語ります。

趣味の話をするとき、人はみな、きらきらと子供のように輝いています。そんな時間があるのとないのとでは、人生は大きく違うのではないでしょうか。

「三十の手習い」は人生の素敵なお友達

57 幸福の三つの条件を知る

この世に生きていて、人が幸せになれる条件とは、
①健康であること
②お金があること＝ゆとりがあること
③人のためになること＝生きがいがあること

この三つ。よく、お金を汚いものと考えて、「つましくも清く、正しく、美しく」と謳《うた》いあげる人がいますが、それは間違いなのです。お金は単純にエネルギーなので、あるに越したことはないし、執着するものでもないけど、入ってきたら喜ぶべきなのです。

でもそのために汚いことをやる、たとえば、人を欺《あざむ》いたり、コントロールしたり、人の足を引っ張ったりするのはダメで、あくまでも、「清く、正しく、美し

く」やって、お金も儲《もう》かるのが正道。

精神性を重んずる人はとかくお金を忌《い》み嫌い、うっかり貧乏になりがちだけど、「貧すれば鈍する」とはよくいったもので、人は自分がカツカツのときは、環境保護や世界平和を考えたり、貧しい国々に寄付したりなんてことも考えられなくなります。もう自分の生活だけでイッパイイッパイ。だから、ある程度の「ゆとり」が必要なのですね。

お金があれば、世界平和とまで行かなくても、肉親や友達に困ってる人がいれば助けることができるし、自分も豊かで健康的な毎日が送れます。それが「ゆとり」で、ゆとりがあれば、大いなる世界の幸福なんてものまで、考えを発展させることができるのです。すると、儲けとか損得じゃなく、「人のためになること」がしたくなってくる。

「ボランティアは最高の贅沢だ」

と、ある土地持ちの壮年男性が言ってましたが、お金持ちで、もうほとんど自分の願望を果たした人は、最後やっぱりボランティアに行く。お金では得られない真の幸福感は、自分が世のため人のため、無償の何かをすることで得られるもの。海外でもたいていお金持ちはボランティア活動をしている。日本もこれからは、そういう国になるべきですね。

まあそこまでのお金持ちじゃなくても、私たちでも「人のためになる」という要素を仕事の中に見出せれば、それは私たちの生きがいになると思うのです。全部じゃなくても、ある意味、人のためになる仕事を、生きがいを持ってできれば、毎日のお勤めも楽しくなってくる。

どうしても職種のせいで、仕事にまったく「人のためになる」という要素が見出せない人は、週末ボランティアに参加する、という手もあります。あるいは自分のお給料の中から、少しでも困っているところに寄付をする。

私は三九歳頃からこういったことになぜか目覚め（同時多発テロ事件が起こる前でした）、世の中に何か一大事が起きたときには無理のない範囲で寄付するという、自分なりのボランティアポリシーを持ったのです。

災害の規模にもよりますが、ユニセフのアフガン難民支援基金には一〇万円、中越地震復興支援には一万円、スーパー紀ノ国屋のカードでポイントが貯まったら、それもユニセフ募金に寄付するように手続きをしています。

稼いだお金はこういうふうに使うと、またお金が入ってくる。それが賢いお金の使い方なのです。寄付するのなんてもったいない、

「私が困ってんだから誰か私を助けてよ！」

なんて思ってたかつての私ですが、あの頃は、世のため人のためにできることが、これほど自分自身の喜びになるとは、知らなかったんですね。

人の役に立つことが、自分の喜びに繫《つな》がる

58 人から何かを求められる自分になろう

もしかしてアナタは日々、職場において「損してる気分」を味わってませんか？　要領が良く、楽して得するあの子が憎い、なんでワタシばっかりこんな色々めんどくさいこと頼まれて、忙しい思いしなきゃなんないの？　みたいな。

でも、よーく考えてください。ほんとうにそれは、「損」なのでしょうか。若くて可愛いというだけでちやほやされ、なにも仕事を覚えない「要領のいいあの子」だって、やがては年を取るのです。そうなったとき、あなたは初めて、しごいてくれた先輩や上司に感謝するでしょう。

それは家庭においても同じです。お顔が可愛くておばかさんだったら、私が母親でも、甘やかしてあまり厳しくはしつけないでしょう。その中には、「あきらめ」も入っているのです。「まあこのコは体もあんまり丈夫じゃないし、頭もよくないから、せいぜいお洒落させて、早いとこ嫁にでもやっちまいましょう」と、思うでしょう。

逆に、お顔にあまり愛嬌《あいきょう》がなかったら、一生懸命、生活的な技術も身につけさせて、趣味を覚えさせ勉強もさせ、もし男性にもてなくても、どうにか一人で楽しく生きて行けるようにするでしょう。でもこれが実は、「知的でソフィスティケイトされたいい女」を作ってしまい、大人になってからその真価を発揮するようになる。

そう、若いみなさんにはまだ分からないかもしれませんが、人間年取ってくると、顔の造作、スタイルのよしあしではなくて、内面が滲《にじ》み出てしまうのですよ。つまり、「生き方そのもの」が顔に出る。まあだいたい、三五を過ぎた頃から、いい女かそうでないかは、その人の知的度にかかってくると言っても、過言ではないでしょう。

若い頃は、「神様は不公平」なんて思うでしょうけど、長い目で見てみると、やっぱりフェアなんですよ。みな平等にやってくる「老化」という現実を前にして、お顔やスタイルばかりにアイデンティティを持っていた「あの子」は、かなり苦しい状況になってくるでしょう。それに比べて、内面をしこしこ磨いていたあなたは、まさに「ウサギと亀」の亀気分満喫。

さてでは、この「優秀な亀」になるには、どうしたらいいのでしょうか。それは前章の「アイデア49」でも言ったとおり、「損してる気分を感謝の気持ちに変える」ことです。

そう、人から信頼されなにか頼まれることは、イコール求められること。人間、求められなくなったらおしまいなのです。世のため、人のために働けることを喜び、感謝する。また、そうやって元気に働ける丈夫な体を与えてくれた両親や神様にも感謝！

損するのがいやだからって何にもやってこなかった人は、年取ってから何の経験もキャリアもなく、結局は、何にもできない人になってしまうのです。若くて体力があるうちに怒濤《どとう》のように仕事を押し付けられ、「過労死するかも」と思うくらいの激務をこなしている人は、そこでプロフェッショナルな意識ができる。だからその後どんな仕事についても、つまりなにをやっても「できる」人になるのです。

どんなにイッパイイッパイになっても、その中で自分のベストを尽くせる人間になる。いいかげんでない、真心のこもった仕事ができる。その仕事が、次の仕事を呼ぶのです。これが現代女性の生命力なのではないでしょうか。かつてそれは、美貌であり政治力であり、お金と力のある男に従うことでしたが。

フランスじゃないけど、現代女性の幸せは、「自由、平等、博愛」なくしては語れません。だから、こうやって知的な生活力を養うことは、幸せへの第一歩なのです。働き者には必ずや、生きがいのある幸せな人生が、用意されているのですよ。

現代女性の生命力〝知的な生活力〟を養う

59 人の幸せを願う「お祈りタイム」を作る

こ～れはなかなかできることじゃないんですが、「人格を磨くために」やるべきなのです。できるようになってくると、本人も幸せになれるので、結局はお得ということなのです！

私は仏壇に向かって毎朝、ご先祖様に手を合わせています。それはもう、姉が嫁ぎ母も六〇で再婚して、仕方なく仏壇をあずかったときから続けていることです。

でも、ずーっと、

「本が売れますように」

とか、

「明日から旅行に行くけど、何事もなく無事帰ってこられますように」

とか、

「この風邪を早く治してくんろ」

など、自分のためだけに一生懸命祈っていたのです。

でもこれじゃあ、ダメなんですね。自分と自分の家族だけ幸せになればそれでいいというのは、エゴそのもので、これは神様には通用しない。私利私欲を捨て人のために祈れてこそ初めて、その祈りは天に通ずるものらしいのです。

で、私は三八歳ぐらいから、色々と細かくお願いすることをやめ、カンタンに、

「世界のみーんなが幸せになりますように」

と、これだけを毎朝お願いするようになったのです。最初はテキトーだったのですが、同時多発テロ事件以降、この祈りは切なるものになりました。

私はあの事件、新しい時代（みんなが私利私欲を捨てた、共存共栄のユートピアのような世界）に突入しようとしている地球で、それまでのエゴの時代を司《つかさど》ってきた男たちによる、ネガティブオーラのポジティブオーラに対する攻撃だと、解釈しているんです。

さあ、今日からあなたも、世界平和のためにお祈りを始めましょう！

仏壇がない人は、家の中にエンジェルやブッダなどの可愛い神様グッズコーナーを設け、お香をたいたりして、お祈りタイムを作るのです。するとココロが落ち着いて、幸せになれますよ。

気功の先生は、「自分を含めたみんなが幸せになるように」祈りなさいと言っています。なぜなら自分が幸せじゃない人は、人を幸せにすることもできないからだそうです。まず、あなたが幸せになることが、最終的には世界平和につながる。そしてその幸せとは、なにを隠そう「ココロのあり方」なんですねぇ。

自分が幸せでなければ、周りも幸せにできない

60 仕事もラブライフもバランスよく

私の母の世代まで、日本はまだ女性が働く時代ではありませんでした。相当いい大学を出た優秀な女性でも、「妻が働くなんて夫に甲斐性がないみたいで恥ずかしい」ということで、専業主婦に甘んじなければならなかったようです。

昭和一桁生まれでキャリアウーマンだったうちの母は、「口紅一本でも自分で買う意地がなかったら、女に仕事なんかできない」と、口癖のように言っていました。それは男社会で生き抜く彼女の、自己叱咤《しった》だったのでしょう。

でも、もうそんな時代は、実は終わったのです。私もそういう母に育てられ、仕事を持って何年間も、「女が仕事をするっちゅーことは、歯ぁくいしばって、女ぁ捨てて、フンドシの紐《ひも》締めなおして、ぐわんばらにゃーならん」と、思って生きてきてしまいました。でも、それは間違いだったのです。

つまり、仕事を頑張るためにその他もろもろのことをおざなりにする、というのはナシということです。恋愛や家庭生活や、出産や育児、趣味や遊び、友人との楽しい付き合い、そういった私生活をお粗末にすると、結局は、いい仕事もできなくなってしまうんですよ。

やがては疲れきって「燃え尽《つ》き症候群」になっちゃったり、体や心を壊して実際に仕事ができなくなってしまう。あるいは、リストラやなんかで突然職場を追われたり。そんなとき、帰るべき場所がなかったら、あなたはどうしますか。

「私はすべてを捨てて頑張ってきたのに」なんて泣き言を言っても、あとの祭り。

逆に、あなたが、仕事や自己実現の夢を捨てて「愛にすべてを捧げた」専業主婦だったとしますよね。で、気が付いたら子供たちはみな巣立ち、ダンナは若い女と浮気してた、みたいな悲劇もあるわけです。そんなとき、ほかに拠《よ》り所や「生きがい」がなかったら、どうします?

人生というものはバランスが大切で、それを上手に取ることこそが、一生かけても意味のある生き方だと私は思います。

かつて、「仕事を取るなら愛は捨てる」「愛を取るなら仕事は捨てる」みたいな究極の選択を迫られた私たちでしたが、実は何にも捨てなくても、大丈夫だったんです。いえ、何も捨ててはいけなかったんです。二十一世紀に入ってその事実が、いろんな意味で明らかになってきました。

現在キャリアウーマンに増え続ける婦人科系の病気も、この「女性性を捨てて男社会で頑張りすぎる」ことによるホルモンバランスの異常が原因だとも言われています。私自身も子宮筋腫を治すべくさまざまな治療法にトライしてきましたが、その中で私は、少しずつ、自分の中の「女性性」を取り戻したような気がします。

今、私は以前より「きれいになった」と言われるし、自分自身も幸せです。仕事ばかりやっていたときに比べて太りもしないし、大人のニキビに悩まされることもなくなりました。女性が何歳になってもキレイで幸せでいるには、この「女らしさを取り戻すこと」が鍵だったんです。

ヒプノセラピー（催眠療法）に一年間通ううち、セラピストの村山さんに繰り返し言われたのは、

「私たちは、女性性を楽しみながら、仕事も、社会参加もできるんですよ」

という言葉です。自立を目指して女性性を否定してきてしまった私たちは、女性性にまつわることを、とかく「面倒なこと」「仕事の邪魔になる余計なこと」として、忌《い》み嫌ってきました。たとえば毎月の生理です。村山さんは、

「女性は生理のとき、本来パワーが増し、生まれ変わったような爽快感が得られるものですが、不快感や痛みを感じるのは、根本に〝女性性を否定する自分〟がいるんですね」

と言います。結婚や、出産や育児にしてもそうです。女性が女性らしさを味わえるこのベタな三点セットを、試してみない手はありません。特に出産育児は、女に生まれてきて、その体と命の神秘を知る絶好の機会であり、男にはない快楽だと思いますから。ホント子供だけは、子宮がある私たち女性にしか作れないし産めないんですから。育児は男にもできるけど、私たちが産もうと思わなかったら、元も子もないのですよ。

「でも仕事が」なんて言わないで、求めれば必ず、道は開けます。あきらめないでください。時間はそれぞれ短くなるかもしれないけど、ひとつひとつを真心込めてやれば、きっといい結果が出る。いろんなことをバランスよく盛り込んで行

く人生は、美味しい幕の内弁当みたいに、充実した、バラエティにあふれたものになるでしょう。

人生は、やりたいと思ったことをなんにも我慢することなく、ぜーんぶ、やっていいんですよ。そのために生まれてきたんですから。この人生は、あなたが楽しむために神様から与えられた、素敵なプレゼントなのです。

仕事か愛か、究極の選択などない

61 「生かされている存在」であることを知る

かつて私はよく人に、

「不安じゃないの？　そんな仕事でいつ食えなくなるかわかんないんだしさ、もっと安定した、生活の糧《かて》になる仕事をサイドビジネスに持つとかしなくて、大丈夫なの？」

なんて言われました。編集者にも、

「横森、書きたいものだけ書いてたら、この御時世、作家は生き残れないんだよ」

なんて言われたり。でもちゃんと、こうやって生きているのです。不思議なものです。

不思議といえば、私が生まれて、この年まで、死にもしないで大きな病気や怪我もなく生きてきた、ということだけでも、アメージング！　と思わざるを得ません。人間なんて体中ぷにゃぷにゃでしょう？　ちょっとしたことで傷ついたり壊れたりしちゃいそうなもんなのに、そういった事故に遭《あ》うこともなく、今日がある。

もうこれは、なにか大きな力によって「生かされてる」と、思うしかないのです。目に見えるものも見えないものもぜーんぶひっくるめて、「みなさまのおかげ」で、ワタクシたちは「生かされている」わけなんですよ。

以前は私も、人から「不安じゃないの？」と言われるたんび不安になっていましたが、この〝真理〟を知るにつけ、ほんとに不安じゃなくなってしまった。私がこの世に生まれて生きている「意味」と「使命」があるから「生かされている」わけで、そのお役目を果たし終えたとき、死が自然にやってくる。そう思うと、怖くもなんともないのですよ。

生活の不安とか、このままじゃ生きていけないんじゃないかとか、そんなことばかりを考えて、

「あなた不安じゃないの？」

と人に問いかける人は、自分自身の不安を、人にも押し付けようとしているのです。こういうネガティブな人とは、できるだけ付き合わないようにして、

「えー、不安じゃないよー。人生どう転《ころ》んだって、なんとかなるって、あっはっはー」

ぐらいのことを言って笑っている、ポジティブな人と付き合いましょう。そしてあなた自身も、明るく楽しく生きましょう！

明るく生きれば、人生は好転する

62 「今がすべて」の心意気で生きる

ハングリー精神でがんばって、

「いつかはきっとビッグになって、みんなをぎゃふんといわせてやる」

みたいなのも、まあ、好きな人はやればいいのですが、実は、「将来のために今我慢する」というのは、人生の大きな流れからみると間違っているのです。

たとえば、「自分はこんなところにいる人間じゃない」なんて思ってメラメラしてても、全然運気は好転しないのね。そういう人は、いつまでたっても、ちょっとその人なりに成功して満足の行く状況になっても、「さらにもっと」と欲望は限りなく、隣の芝生は青く見え、嫉妬、羨望して、幸せにはなれないの。

女の人でも、いっとき流行った「ワンランク上の女になる」みたいなのって、これとおんなじ。「私はこんなつまらない仕事をして、つまらない男と付き合って、こんな安っぽい生活を送るような女じゃないのよ」と思ってメラメラがんばると、まあ何年か後にはキャリアアップして「いい服」を着ていい女風になっていたりする。

でも本人は、あんまり幸せじゃなかったりするんだわ。けっこう欲求不満の塊《かたまり》で、エステや占いに通いまくってたり、いつまでも「もっといい男がいるはず」って思ってるから、結局一人ぼっちだったりする。

イヤー、実は、まさに私が数年前までそーゆータイプの女だったんだなぁ、これが！　ほんと、幸せになれないからやめたほうがいいよ。今いる彼（現在のダンナ）を肯定して、ありがたく思い、与えられた仕事に感謝して楽しみ、自分の今を「まんざらじゃない」と肯定し始めてから、一気に幸せになり始めたもん。

今となっては、週に二回もエステに行ったりヒーリングものにおすがりしてた、かつての私がアホみたい。「占いのハシゴ」してる人も同じ。正気の沙汰じゃないものネ。

みんな過去の積み重ねで「現在」があって、「現在」の積み重ねで「未来」があると思ってるけど、実は違うんだそうな。

気功の先生によると、「現在は、未来からやってきて、過去に流れる」んだそう。だから「今がすべて」。幸せになるには、過ぎたことをくよくよしないで、将来の余計な心配もしないで、「今」を楽しく充実して生きることだけを考え、実行する。これに尽きるのです。

「今」だけを楽しんで将来の心配はしない

63 不満・愚痴・泣き言・悪口・文句を言わない

幸せに生きるため、絶対やっちゃあいけないのが、五戒《ごかい》を口にすることです。

五戒とは、

①不平不満
②愚痴《ぐち》
③泣き言
④悪口
⑤文句

これを言わないことです。口にするだけでよくないバイブレーションを発して、似たような波動のものばかり呼び込むことになって悪運が付く。これは本当のことです。

かつて私が不幸感の塊だった頃、思えばいつもこの五戒を口に出していました。もちろんそれをジョークにして酒飲んで笑っていたのですが、次第に笑えなくなるくらいの状況に自ら陥《おちい》ってしまった。

一二年間ともに生きた愛猫には死なれるわ、人間関係ではめんどくさいことになるわ、仕事もうまくいかないわ、流産はするわで、もードツボってときに気功の先生に出会い、これを教わってから実行。ほんとに運気は再度開けてきたのでした。

ワタクシ事だけでなく、周りの人たちを観察していても、本当に不平不満・愚痴・泣き言・悪口・文句の少ない人は、遅咲きでも必ず成功している。私のダンナがいい例です。何年か前は稼ぎが私の半分だった人が、いまや売れっ子のカメラマンで年収は五倍に。

彼はどんな状況でも決して不平不満・愚痴・泣き言・悪口・文句を言わない人で、本当に打たれ強いってーか、雑草のようなたくましさっつーか、私は、

「ほんとアンタって、お幸せな人ねっ」

と、よくイヤミを言っていました。そして、こんなに欲のない「いい人」は、

この競争世界では、絶対に成功なんかしないだろうと、思っていたのでした。ところが！

いやー、あっぱれ。やっぱり二十一世紀、ただひたすら地味に、こつこつ、いい仕事を一生懸命する「いい人」が、勝つ時代になったんですねー（笑）。

色即《しきそく》是《ぜ》空《くう》、と言う般若心経《はんにゃしんぎょう》の言葉をご存知ですか？「色」は出来事・現象を表し、これすなわち「空」＝ニュートラル（中立）である、という意味です。

なんであれ、起こったこと自体にはいいも悪いもなく、どう感じるのもあなた次第ということ。だから「お幸せな人」と言われても、能天気な人が勝ち。イヤミじゃなく、本当に幸せな人、なんですから。

二十一世紀は「いい人」が勝つ時代

64 都会の中の自然を発見しよう

海、山、緑、花々、空、雲、星、夕日、朝日、雨、虹……。美しい自然を眺めていると、心が広くなって、自分がこだわっていることのばかばかしさを感じてしまいます。

「人間なんてちっさい、ちっさい」

そう思えます。これは、エゴがやたらと肥大化する、年増の女には本当に大切な時間です。

もちろん旅に出て、視界をさえぎるものがなにもない状態で見るのが一番。ちょっと時間とお金はかかりますが、大自然の中に出かけて、その雄大な風景を目の当たりにすると、人間は簡単に「無」の境地に入ることができるからです。なぜなら、相手は太古の昔からそこにあり続ける、すごい存在なのですから。

人間など、せいぜい長生きしても百年くらいです。そして実は、自分が眺めている「そこ」から生まれ、また「そこ」に戻っていく。私たちは地球人ですから、肉体は土に返り、魂は空に上っていくのです。

ここ数年、旅行といえば大自然の中にでかけるようになったのも、こういう自然の美しさや神秘性に触れるためです。自然は一時として同じ顔を見せません。手付かずの自然がたくさん残っている美しい場所に行けば行くほど、自然はなんてバリエーション豊かなのだろうと、毎日が感動続きです。

大自然は、もっとも贅沢なアートなのだと、美大出の私は思います。そしてなんとタダ！　芸術鑑賞するのに入場料も支払わずに済み、混んだ美術館で悪い空気の中見ることもないのです！　こんなにすばらしい文化はありません。健康作りと、芸術鑑賞を同時にできるのですから。

大自然の奥深い懐《ふところ》を前にして、人はみな平等なのです。もちろん、そこに行くまでの旅費や宿泊費がないと特別な大自然には行き着けないってこともあります。そんなときはいま住んでいる場所でも、じゅうぶんに自然を眺めることはできるのです。うちは夫婦で夕日チェックも空チェックも、月星チェック、虹チェックも忘れません。

「今日の夕焼け見た?」

「それより出始めのでっかい月見た?」

とお互いのチェックも入れあい、もし見てなかったら、「甘いな」と言い合います。都心でもたまに見られる美しい自然を、見逃すのはアホだからです。

いつもは仕事があるので別々に行動している夫婦でも、たまに一緒に散歩したり、和気あいあいと車に乗ってどこか出かけたりするとき、二重の虹が見えたり、まるで名画のような夕焼け空が見えたり、ビルの谷間に書割《かきわり》みたいに大きい月が見えたりすると、私はそれを、「神様のご褒美」と思わずにはいられません。

お正月もお盆も、バレンタインデーもクリスマスものべつまくなしに祝う典型的な無宗教の日本人ですが、神様の存在だけは、自然の中に感じることができるのです。もちろん一人でも、清く正しく楽しく生きていると、神様は素敵な風景をプレゼントしてくれるけど、夫婦二人で仲良くしてると、「仲良きことは麗《うるわ》しきかな」っって、たまに特別なプレゼントをくれるのです。

通勤電車の中からでも窓の外を見てください。ホームからでもかまいません。

そこに、驚くような自然があったりしますから。いろんな空はもちろん、夕日や、月、雲の流れ、春には菜の花や桜が見えるでしょう。都心の小さい公園からだって、マンションの屋上からだって、早く起きれば朝焼けが、夕方散歩すれば夕焼けが見え、ときには月の下で深呼吸やストレッチができるのです。

気をつけて見てください。そうすれば、

「今日、月見た？　すごいきれいだったでしょう！」

と、友達やパートナーと感動を分かち合えるようになるのです。うちのダンナはそれをよく仕事仲間にして、

「へえ、そーなんだ。見てないな……」

としらけた顔をされるようです。

「みんな肝心なとこ、見てないんだよな。せっかくなのに」

と残念がっている。今、自然の美しさと心地よさの価値を取り戻すことは、現代人が幸せになる上で、とても大切なことだからです。

自然を眺める習慣を身につけると、ただその美しさを楽しめるだけでなく、私たちがデジタルな生活の中で失ってきたいろんな大切なものを思い出します。中

でもいちばん大切なのは、その自然あっての、私たちだということ。

いまどき、太陽や空、大地、自然をリスペクトする気持ちを思い出すのは、至難の業《わざ》ですから。そして眺める自然がでかければでかいほど（でっかいどー、ほっかいどー）、その懐に抱かれ、自分で勝手に生きてるんじゃなくて、「生かされている」という感謝の気持ちも湧き出てきます。「ありがたい」のです（笑）。

一日一回、上を向いて歩いてみよう

65 夢を現実にするイメージトレーニング

これから幸せを呼び込むイメージングの仕方を、いくつかご紹介いたします。ま、騙《だま》されたと思って試してみてください。まず、「グラウンディング」。これは読んで字の如く、グラウンド＝地に足のつくイメージトレーニングです。

私が流産後、傷ついた心を癒し、子宮筋腫の原因となっているトラウマを発見し取り除くため、月一で一年間通っていたヒプノセラピスト（催眠療法士）の村山さんに教わったものです。村山さんはマタニティイメージジェリーというのもやっていて、流産前は子宮筋腫があることによる妊娠出産の不安を取り除くため、通っていました。

村山さんによると、地球人としてたくましく生きていくには、つまりこの世で幸せになるには、やっぱり「地に足」がついてないとダメなのだそうです。

ところが現代人は頭ばっかり使ってて、体がお留守になっている人が多いし、自然環境も不足していることから、地に足がついてなくて、ふわーっとどっかイっちゃってる人が多い。だから幸せになりづらいらしい。

グラウンディングができてないと、夢を現実化しづらいし、人からの攻撃に弱いからすぐ倒れる（気分的にも落ち込む。カンフーの名人なんかが何人かかっても倒れないのは、グラウンディングが強力だから）。グラウンディングができている人は現実的で実行力があり、生活力にも長《た》けている。

「だから今日は勝負、みたいな話し合いや商談のときなんかも、グラウンディングをしてくと、うまくいくんですよ」

と村山さんは語る。で、どうやるかっつーと、まず両足のぴったりつく椅子に座り、手を太ももの上において目をつむり、気分が落ち着くまで深呼吸する。

気分が落ち着いたら、お臍《へそ》の下一〇センチくらいの真ん中、女の人の場合は卵巣と卵巣をつないだちょうど真ん中あたりに、金色の光をイメージします。そこから、強くて太い光の線（棒でも、根っこのようなものでもいい）が、地球の中心に向かって、体を突き抜け、床を突き抜け、大地を突き抜け、熱いマグマを突き抜け、地球の中心までたどり着きます。たどり着いたら、そこに錨《いかり》を下ろすか、釣り針のようなものを引っかけるかして、固定します。これが、グラウンディング。すべてのイメージワークの基本になります。

〝地に足が着いている〟ことが、すべての基本

66 欲しいものを手に入れるコツ

理想の結婚相手？　お金？　自分に合った仕事？　それとも赤ちゃん？　欲しいものを手に入れる方法は、実は「欲しがらない」ことなんです！

これは村山さんから教わった〝宇宙の法則〟なんですが、欲しがると、たとえばお金だったら、

「お金が欲しいでぇ――――っす」

と、宇宙に向かってネオン付大看板を掲げていることになってしまう。すると神様、というか宇宙の大いなる存在が、

「おお、この人は『お金が欲しい』という気持ちを、味わいたいんだな」

と思ってしまい、たっぷりその気持ちを味わわせてくれちゃうんだそうな。だから欲しいものがあるときは、それを欲しがっていることを忘れちゃうのがいち

ばん。

私の知り合いで（五〇代女性）、ずっと結婚願望が強くて、でも全然相手が見つからない人がいて、とうとう、

「ま、どーでもええわ、今が楽しきゃそれに越したことはないわ、老後は一人で趣味の陶芸でもやるべ」

と思ったとたんに、新しい彼が一〇年ぶりにできた、という人もいる。試してみる価値はありそうでしょ？

欲を捨てたときに、未来が開ける

67 ネガティブな感情を取り除く方法

これはネガティブな感情を取り除く方法です。まずグラウンディングをする。それから、次の色をイメージしながら深くて静かな呼吸を繰り返す。

・青　青空の色、勇気、希望
・金　宇宙の癒しの色、調和の色
・ピンク　愛の色
・オレンジ　癒しの色

これらの色の光をイメージして、それを呼吸とともに取り入れ、全身を満たし、吐くときに自分の中のネガティブな感情（不安、怒り、悲しみ、憎しみなど）を一緒に吐き出す。吐き出された悪感情は、宇宙の彼方に消えてっちゃう。

もうひとつは、グラウンディングコード（グラウンディングをするとき、地球の中心に向かって下ろした線)を伝って、地球に吸い取ってもらい、その自浄作用で悪感情をなくす方法。ま、いわば、悪い感情はいらない、取っとくと腐《くさ》る、生ゴミみたいなモンなんですね。

これもまずグラウンディングをする。そしてそのコードを伝って、ネガティブな考え(たとえば夢を実現できないという自分自身の否定的な気持ち)、いやな思い出や経験、もう手放してもいいもの全てを地球に流して吸い取ってもらう。そしたら、呼吸とともに、あたたかい金色の光をイメージし、代わりに入れてやり、全身を満たしてあげる。

頭の中に蓋《ふた》つきのゴミ箱を用意して、そこにいやな思い出や悪感情を入れて、爆弾を用意し(あくまでもイメージですよ、よい子のみなさん)、爆発させてしまう方法もある。爆破した悪感情は、宇宙の彼方に消えてっちゃう。私はこれ、「さよおならー」「さよおならー」と心の中で言いながら、バンバン爆破させます。

これらイメージワーク、会社のトイレでもできそうだから、お勤めの人にも便利かもー。いやなことがあったらすぐ爆破させちゃえば、スッキリ過ごす時間が増えますよ。

ポイントは、「あら、こんなことやっちゃって私ってばかみたい」と、軽い気持ちでやること。念がこもると重〜い気分になっちゃって効果半減。トイレで念こめてる女も怖メですからね。軽〜くウンコ感覚で。

イヤなことがあったら、セルフヒーリングでスッキリ

68 気になる人を癒してあげるイメージング

セルフヒーリングをマスターしたら、今度は気になる人を癒してあげるイメージングをしてみましょう。

なにか不幸があったり、自分自身のネガティブな感情で人生うまく行ってなかったりして、その悔しさを身近な人にイジワル等で撒《ま》き散らす人がいますよね？

そんな迷惑がアナタにかかっていたら、その人を癒してあげるイメージングをしてあげましょう。

まず、グラウンディングをする。それから、けっこう遠いところにその人のイメージ（近いところにはっきりと顔などイメージすると怖いので）をぼんやり浮かべます。そして、その人のグラウンディングをしてあげる。

その人のお臍《へそ》の下からグラウンディングコードを地球の中心まで下ろしてあげ

て、さらに天から宇宙の癒しのエネルギー＝金色の光かオレンジの光、あるいは、その人が孤独で愛に飢えていて、「手負いの熊」状態になってしまっているとしたら、ピンクの愛の光を流してあげる。その人の悪感情や寂しさは、どんどんグラウンディングコードを伝って地球に吸い取られていきます。

癒してあげてるのはアナタではなく、宇宙のエネルギー（無限大）なので、アナタのエネルギーを使っているわけではないからご安心。イヤな奴にご奉仕しているということではありません。その人が少しでも落ち着いてハッピーになってくれれば、アナタにかかる迷惑も軽減されるのです。

ほら、会社なんかで、イヤでも毎日顔つき合わさなきゃならない人っているでしょう？　子育てママなんかでも、幼稚園送り迎えで毎日顔合わせる人とかさ。あ、姑とか？

そして肝心なのが、やったあとでその人のイメージとかグラウンディングコードとか色の光とか全部を、頭の中で思い描いた蓋つきのゴミ箱に入れて、爆弾しかけて爆破させ、宇宙の彼方に葬ってしまうこと。後片付けはキチンとね。

これもけっこう効果絶大。失恋して愛憎の対象を失った親友の意識が、アナタにがーっと来ちゃってるときとかにやってみ。

会社でいつもお昼を一緒に食べることを強要される先輩の意識が、重くて仕方がないときとか。好いてくれるのはありがたいんだけどー、みたいな(笑)。

⚜人からのイジワル攻撃は背負い込まない

69
「なりたい自分」をイメージする

たとえば、

「年収三〇〇〇万以上、港区内に二〇〇平米以上のマンションをお持ちの方と結婚して、一姫二太郎、幼稚園お受験して、エステとお買い物三昧《ざんまい》の専業主婦になるんだけど、子供の手が離れたら何か自分の趣味や才能を生かせる仕事につきたい」

っていうのが夢だったとするじゃないですか。でも、

「なんてさー、君島十和子《きみじまとわこ》みたいなルックスしてたら言えるけど、大助花子の花子じゃしょうがないじゃん」

と、自分の夢を否定してしまうのが普通。そして、

「あーあー、もうちょっと美人だったらなぁ」

とか、

「家がお金持ちだったらなぁ」

と、がっかりして人を羨んでばかりで、ちっとも自分は変わらない。これでは、せっかく生まれてきた甲斐がないというもの。

ところが、「なりたい自分になるイメージワーク」というのがあるんです！

これも、ヒプノセラピストの村山さんから教わりました。

まず、グラウンディングをします。次に、両耳の上、二、三センチのところを線でつなぎ、眉間の真ん中と、頭の後ろも線でつなぎます。その線と線の交わった所が頭の中心。そこに、自分だけの小部屋を想定します。

そこは、あなただけの特別な小部屋で、居心地がよく、誰にも邪魔をされません。その部屋のドアをあけ、自分自身に、

「こんにちは」

と、声をかけてみましょう。そこに、アナタ以外の人がいたら、

「出てけ！」

といって、出てってもらいましょう。

私の場合、このイメージングをしていつも出てくる部屋は、白いドーム型のタマゴッチ部屋で、そこにムートンのラグが敷いてあり、真ん中に白いソファがある。そしていつも、ダンナがニコニコして出てくるので、出てってもらっています（笑）。

部屋の中にくもの巣がはっていたり、ごみが落ちていたりしたら、ほうきと塵取りできれいに掃きとって、蓋つきのゴミ箱に入れて爆破させてしまいましょう。

さあ、居心地のいい部屋の中央に、すわり心地のいいイスを用意しますよ。そこに、あなたはどっかりと腰掛けます。

これはあなたの「玉座」で、ジャイアントロボの頭の中にある「司令室」のようなものです。

ここにあなたは座り、自分の体を一〇〇％所有して、コントロールすることができるのです。

ちなみに誰かの言いなり（彼とか夫とか親とか）になっている人は、この部屋の「玉座」をその人に取られちゃってる状態。人間は、自分のエネルギーは一〇

○%自分のところにあったほうがいいので、そうなりがちな人は、気をつけて、自分の中心に戻るようにしましょう。

さあそれができたら、目の前に大きなスクリーンを用意して、そこに、あなたの理想とする自分の生活を描き出します。このとき、今の自分だとどーしてもビジュアル的に無理があるような生活をさせるので、自分は今の自分ではなく、「金色の人」というイメージです。宇宙エネルギーの光色に満たされた「金色の人」は、あなたの「なりたい自分」です。「金色の人」は、あなたの夢を、すでに実現しています。

このイメージングを繰り返し、強化すると、気が付いたときには「なりたい自分」になっているそうな。

一〇年以上前に横尾忠則先生が、スーパーカーに乗ってブイブイ言わせるのが夢だったら、その車を買うのにどれくらい稼いで、頭金ためて、ローン組んで、と考えるんではなくて、「そのスーパーカーに乗った自分」を一〇〇%イメージできたとき、それは手に入る、とどっかの対談集で言っていたが、ほんとだったのねー。

「自分にはそんなのもったいない」なんて思わずに、イメージするだけならタダなんだから、やってみるのも手かも！

人を羨む前に、夢を実現した自分をイメージする

70 幸せとは、自ら努力して作るもの

そう、環境や境遇ではないのです。どんな劣悪な環境、境遇にいても、その中で最高に心地の良い人生を送ろうと努力することで、人はハッピーになれるのです。

逆に、どんなに恵まれた、まあ一般的に「人も羨むような素晴らしい環境、境遇」にいたとしても、その人の「心の持ち方」次第で、人間はカンタンに不幸にもなってしまう。

健康にしても同じ。生まれつき弱い体を持っていても、食事やライフスタイルに気をつけたり、無理なく体を鍛えることで、いくらでもいいコンディションで過ごすことはできるのです。そしてその努力をすることが楽しみにも喜びにもなり、新しい発見にもつながる。そう思うと、生まれつき頑丈で、何食べてもどん

な暮らしをしていても、運動なんかちっともしなくてもヘッチャラな人より、逆に人生面白い。ホントにものは考えようなのです。ちょっとしたアイデアや工夫しだいで、何事も愉快になってくるのですよ。

幸せは、「心の持ち方」次第

（この作品『いますぐ幸せになるアイデア70』は、平成十四年六月、小社ノン・ブックから四六版で刊行されたものです）

一〇〇字書評

切り取り線

購買動機（新聞、雑誌名を記入するか、あるいは○をつけてください）	
□（　　　　　　　　　　　）の広告を見て	
□（　　　　　　　　　　　）の書評を見て	
□ 知人のすすめで	□ タイトルに惹かれて
□ カバーがよかったから	□ 内容が面白そうだから
□ 好きな作家だから	□ 好きな分野の本だから

●最近、最も感銘を受けた作品名をお書きください

●あなたのお好きな作家名をお書きください

●その他、ご要望がありましたらお書きください

住所	〒				
氏名		職業		年齢	
新刊情報等のパソコンメール配信を 希望する・しない	Eメール	※携帯には配信できません			

あなたにお願い

この本の感想を、編集部までお寄せいただけたらありがたく存じます。今後の企画の参考にさせていただきます。Eメールでも結構です。

いただいた「一〇〇字書評」は、新聞・雑誌等に紹介させていただくことがあります。その場合はお礼として特製図書カードを差し上げます。

前ページの原稿用紙に書評をお書きの上、切り取り、左記までお送り下さい。宛先の住所は不要です。

なお、ご記入いただいたお名前、ご住所等は、書評紹介の事前了解、謝礼のお届けのためだけに利用し、そのほかの目的のために利用することはありません。またそのデータを六カ月を超えて保管することもありませんので、ご安心ください。

〒一〇一・八七〇一
祥伝社黄金文庫　書評係
☎〇三（三二六五）二〇八〇
ohgon@shodensha.co.jp

祥伝社黄金文庫

祥伝社黄金文庫　創刊のことば

「小さくとも輝く知性」――祥伝社黄金文庫はいつの時代にあっても、きらりと光る個性を主張していきます。

真に人間的な価値とは何か、を求めるノン・ブックシリーズの子どもとしてスタートした祥伝社文庫ノンフィクションは、創刊15年を機に、祥伝社黄金文庫として新たな出発をいたします。「豊かで深い知恵と勇気」「大いなる人生の楽しみ」を追求するのが新シリーズの目的です。小さい身なりでも堂々と前進していきます。

黄金文庫をご愛読いただき、ご意見ご希望を編集部までお寄せくださいますよう、お願いいたします。

平成12年(2000年) 2月1日　　祥伝社黄金文庫　編集部

いますぐ幸《しあわ》せになるアイデア70

平成17年6月20日　初版第1刷発行

著　者　横《よこ》森《もり》理《り》香《か》
発行者　深澤健一
発行所　祥《しょう》伝《でん》社《しゃ》

東京都千代田区神田神保町3-6-5
九段尚学ビル　〒101-8701
☎03(3265)2081(販売部)
☎03(3265)2080(編集部)
☎03(3265)3622(業務部)

印刷所　堀内印刷
製本所　関川製本

ISBN4-396-31378-0 C0195

祥伝社のホームページ・http://www.shodensha.co.jp/

祥伝社黄金文庫

杉浦さやか　ベトナムで見つけた

人気イラストレーターが満喫した散歩と買い物の旅。カラーイラスト満載で贈る、ベトナムを楽しむコツ。

杉浦さやか　東京ホリデイ

人気イラストレーターが東京を歩いて見つけた〝お気に入り〟の数々。街歩きを自分流に楽しむコツ満載。

佐藤絵子　フランス人の贅沢《ぜいたく》な節約生活

いま〈あるもの〉だけでエレガントに、幸せに暮らせる！　パリジェンヌの「素敵生活」のすすめ。

佐藤絵子　フランス人の手づくり恋愛生活

愛にルールなんてない。でも、世界に一つの〈オリジナル・ラブ〉はこんなにある！

佐藤絵子　フランス人の気持ちいい美容生活

いま〈あるもの〉だけで、こんなに美しくなれる！　高級コスメに負けない素敵なアイディアを満載。

金盛浦子　気にしない、今度もきっとうまくいく

本気で願えばほんとにかなうのよ、幸せをつかむコツ教えます。ウラコのまんが&エッセイ。